EL DÍ...
EL N...
BENDIJO

FABIOLA ARACE

A mí misma.

A mis grandes y pequeños amores.

.

CONTENIDO

PRÓLOGO

Hablar en primera persona siempre supone un reto. Más si se trata de presentar el prólogo de tu libro. Tu primer libro. Me permití hacerlo porque lejos de pasar por prepotente, quiero adentrarlos a este recorrido de la forma exacta en que lo hice yo: con el corazón en la mano. **EL DÍA EN QUE EL NARCO ME BENDIJO** es una idea que surgió después de mucho tiempo dándole largas, buscando el momento y la palabra exacta para arrancar.

Me quiero presentar, cosa que nunca está de más, y sé que con toda certeza, puede hacerles entender desde dónde nace mi prosa.

Mi nombre es Fabiola Arace G. No tengo segundo nombre y no me gusta mi segundo apellido así que siempre lo conservo en el anonimato. Nací en Caracas, Venezuela, en enero del 93. Soy de signo Capricornio, escribo con la derecha y uso lentes porque soy fotosensible. Tengo un tema muy grave con la luz del sol. Por ser una niña de padres separados, tenía dos casas en ambos polos de la capital: Antímano y Chacao —el oeste, una zona humilde, y el este de la ciudad, muy concurrido y lleno de vida, para todos aquellos que lean esto y no sean de Venezuela—.

A los diez años comencé mi carrera como actriz y desde entonces no me he detenido. Mi padre me enseñó a cantar, tomé clases de baile y aunado a eso, me gradué de Técnico Superior en Comercio Internacional en una de las universidades más reconocidas de mi país. Siempre fui una niña apasionada a la lectura y al aprendizaje, pero nunca proyecté mi imagen de intelectual. De hecho, muchos dudaban de mis conocimientos hasta que se sentaban a entablar una conversación conmigo.

Siempre, hasta el sol de hoy, me he considerado una artista apasionada y visceral; no hay nada que me guste más que estar en un escenario. Entregar hasta el último ápice de energía y teatralidad al público que tanto valoro y respeto. Soy arriesgada en el arte y en la vida. Me muevo por todas aquellas cosas que tienen algo que contar, algo interesante y auténtico, fuera de poses y fuera de modernismos, porque soy lo contrario a posada y moderna.

Soy barroca, rimbombante, clásica y dramática.

La Reina del Drama.

Y no me avergüenzo.

Desde que tengo memoria me ha gustado escribir. Recuerdo que de pequeña tuve un diario que tenía en la portada un dibujo a todo color de Jane, la novia de Tarzán, con páginas rosadas pequeñitas en su interior, en las que me gustaba escribir con letra macro usando un portaminas de Hello Kitty.

El primer escrito que hice en mi vida fue una historia de terror que transcurría en una mansión, durante una mascarada a principios del siglo XV, en donde los presentes eran atacados por mujeres fantasmas hermosísimas, ataviadas con vestidos pomposos. Mujeres que engatusaban a los mortales para luego asesinarlos sin piedad en los innumerables cuartos del recinto. No recuerdo qué método usaban para matar siendo fantasmas, pero asumo que debió haber sido algo tan pintoresco como el relato en sí.

Yo rondaba los doce o trece años y de la nada escribí una historia de fantasmas asesinas en una mansión rococó.

Eso dice mucho de lo que tengo en mi cabeza. Me hace gracia reconocerlo.

De ahí en adelante seguí alimentando la vena dramatúrgica a tal magnitud que llegué a creer que tenía cierto talento. En mi época universitaria, siempre destacaba en las clases de castellano por mi redacción, al punto que uno de los artículos que escribí para una tarea, resultó ganador de un concurso de dramaturgia para el que la misma profesora me había postulado, confiando en que podía ganar.

En ese mismo tiempo comenzó el despertar de mi primavera, y por supuesto mi arma letal, además de mis labios rojos y mis ojos negros, fueron mis cartas de amor. Llegué a tener un idilio universitario con un muchacho tan poeta frustrado como yo y aquello era tan romántico −del romance mismo− que resultaba empalagoso. Pero me hizo escribir. Poesías, odas a la luna, a la infancia, metáforas del amor, del desamor y de la vida misma.

Fue el nacimiento de un nuevo arte.

Fue el nacimiento de una nueva Fabiola.

Pasaron los años y la actuación cobró más y más protagonismo. Vivía los siete días ensayando porque mis fines de semana estaban atestados de presentaciones. Hubo una época en la que llegué a tener tres espectáculos por día, y como es lógico, no tenía tiempo para escribir, exceptuando, claro está, las cartas de amor. Era un amor bonito, no solo el que podía sentir por la persona que se encontraba conmigo en ese momento, sino también, era un amor que se conectaba con las palabras escritas y que me hacía experimentar paz y satisfacción cada vez que las plasmaba.

Para simplificar un poco la autobiografía, esta idea de escribir relatos cortos y juntarlos en un libro, nace de un corazón híbrido: destruido y construido.

El corazón que tengo desde que dejé mi país.

La sensación más amarga que he podido experimentar en mi vida, pero al mismo tiempo la más enriquecedora y espiritual.

Desde el exilio me encuentro con mi esposo —al que pase lo que pase, considero el gran amor de mi vida—, y él, desde su admiración y su fascinación por mis famosas cartas de amor, siempre me ha insistido que transforme el dolor, el proceso, la añoranza y la felicidad, en arte. En el arte de escribir, para ser precisa. Él siempre estuvo convencido de que podía escribir y publicar un libro, pero yo fui un poco más tímida. No porque no tuviese las herramientas, sino porque yo respeto los procesos y valoro mucho el aprendizaje. Siento que debes ir haciendo terreno para lo grande, porque si enfrentas lo grande de golpe, probablemente te estrelles. O no trasciendas.

El haber escrito este libro, en lo personal, me asegura la satisfacción de tener en físico los relatos que venía guardando durante años y que en repetidas ocasiones, aseguraba que plasmaría en papel, con el título claro desde el día uno: **EL DÍA EN QUE EL NARCO ME BENDIJO.** Además del título, el objetivo de esta creación se presentó ante mí como una confirmación. Como una revelación de mi intuición.

Busca conmover. Busca dar un mensaje. Busca que todo el que te lea se quede con tu esencia y con lo que quieres expresar. Busca que el lector encuentre un refugio en tus relatos. Hasta una palabra de aliento o sanación.

Muestra genuinamente lo que hay en ti, para que el que te lea se quede aquí.

Y créanme que eso hice.

Para mí este libro es uno de mis logros artísticos más remarcables. Quise dejar que mi interés por la escritura fluyera de forma ilimitada. Dar rienda suelta a mis historias de realismo mágico y alejarme un poco de los parámetros intelectuales, porque la intelectualidad después de todo tiene un techo.

Estás páginas fueron mi lienzo, y me di licencia para sentir y expresar.

Si has leído hasta aquí y vibras en mi frecuencia, bienvenido a **EL DÍA EN QUE EL NARCO ME BENDIJO.** Te invito a sumergirte en este proceso y valorarlo tanto como lo hago yo. El rincón más intenso y pasional que se inventó Fabiola Sinsegundonombre Arace para crear desde la intuición, y no desde la razón. Para regalarles a todos aquellos locos soñadores como yo, un motivo para seguir rescatando la esencia del universo y que no se nos pierda un día de estos por andar mirando al vacío sin propósito ni inspiración.

INICIACIÓN
O la creación del universo

EL EDÉN

Oscuro.

Los ojos de Wonder se abrían por primera vez. Estaban cubiertos de una gruesa capa de pestañas color cobre que hacían juego con su color de cabello. Su piel aterciopelada disfrutaba el roce del aire y sus sentidos descubrían las sensaciones a su alrededor. Respiró el olor del inmenso campo de lavanda donde se encontraba. El olor la adormeció un poco y la dejó dopada por unos minutos.

Su tacto palpó el suelo vestido de las plantaciones de lavanda y sus ojos reconocieron por primera vez el color violeta sin saber absolutamente nada de colores.

Wonder pudo saborear su propia saliva encontrándola dulce y agradable, sin saber absolutamente nada de sabores.

Sus minutos de bienvenida al mundo duraron muy poco al estremecerse con brusquedad por un grito ahogado que escuchó a escasos metros de ella. Sobresaltada se levantó dando primeros pasos de venado, y tropezando con los ramilletes de lavanda, corrió hasta donde la llevaba el sonido. Al llegar se encontró con una criatura igual de indefensa e ignorante que ella, de su misma edad, que la miró con ojos sorprendidos y embelesados.

Wonder se encontró por primera vez con El Niño Poeta.

El Niño Poeta, a diferencia de Wonder, no poseía su belleza sobrenatural. Era feo como un humano no evolucionado y estaba cubierto de pelos negros tan gruesos que lo hacían parecer un chimpancé. Wonder no se atemorizó con El Niño Poeta, todo lo contrario, lo encontró hermoso y fascinante, porque detrás de sus enormes ojos negros y peludos, se veía una galaxia llena de estrellas y la sabiduría de todo un universo. Wonder no podía identificar esa sensación con tan exacta precisión, pero intuía que se trataba de algo magnífico.

Wonder y El Niño Poeta se colocaron frente a frente y con una pausa ceremoniosa de observación, giraron la cabeza hacia un mismo lugar divisando una casita de madera a lo lejos adornada con un montón de florecitas violeta y despidiendo humo por la chimenea. Era una casita simple, pero tenía un encanto indiscutible. Los dos pequeños decidieron acercarse, y tomados de la mano, echaron a andar.

El camino hacia la casa de madera no era tan corto como ambos pensaban. Wonder y El Niño Poeta pasaron varias noches mirando la luna y descubriendo el cielo. Una de las noches, El Niño Poeta fabricó una venda con hojas caídas y se la colocó en el rostro a Wonder con la intención de sorprenderla. La llevó temblorosa a una colina altísima desde la cual se podía ver el valle completo con los campos de lavanda. Era un lugar cargado de una energía sobrenatural. Lo hermoso del universo podía palparse en ese espacio.

Justo ahí, El Niño Poeta quitó la venda de los ojos de Wonder con la intención de dejarla sin palabras, pero lo único que consiguió fue verla llorar. Wonder lloraba por primera vez, pero no de tristeza. Lloraba de felicidad. El Niño Poeta la miró conmovido de su belleza. Cerró los ojos para atesorar ese momento, y comenzó a llorar junto a ella, también de felicidad.

LA FICCIÓN

Los dos muchachos caminaron muchas horas antes de detenerse en la casita de madera. De lejos parecía pequeña, pero de cerca era enorme y daba un aire provocativo como la casa de dulces de la bruja de Hansel y Gretel.

Desde los ventanales se percibía el interior de la casa con mucha actividad, pero al mismo tiempo se sentía desolada de humanidad. Que operaba por sí misma. Wonder, que era mucho más arriesgada que El Niño Poeta, intuyó que la manilla de la puerta era el mecanismo de entrada y decidió halarlo hacia ella sin conseguir resultados. Lo haló con fuerza, elevando los pies y colocándolos en la puerta para coger impulso con todo su cuerpo, pero no resultó. Cayó de espaldas cansada. Levantándose, decidió probar girando el pomo.

La puerta se abrió de par en par revelando la sala principal del lado derecho y la cocina del lado izquierdo. Por dentro seguía siendo una casita acogedora, rústica, con el aspecto típico de las casas de los cuentos. El color que predominaba era el pino. Los muebles de la sala tenían un aspecto confortable y frente a ellos chispeaba una chimenea acunando una llama enorme color azul.

Apenas cruzaron la puerta, les invadió un olor tan fuerte que les hizo agua la boca. El olor provenía de la cocina. Era el aroma perfecto del dulce de leche, acaramelado y suave. Wonder y El Niño Poeta decidieron acercarse a la cocina y divisaron un montón de envases de cristal repletos de dulce de leche. Cada envase poseía una etiqueta que marcaba "NO TOCAR", en letra mayúscula y subrayada. Wonder y El Niño Poeta desconocían muchas cosas del universo, pero sabían leer y escribir a la perfección. Era el don que Dios les regaló al pisar el Edén. Por

11

lo tanto, acusaron el letrero y retrocedieron asustados temiendo ser descubiertos en un intento de probar el dulce de leche.

El olor era tan atractivo, que les despertaba los sentidos con la misma fuerza con la que abrieron sus ojos al mundo por primera vez. La boca se les babeaba y sus manos estaban desesperadas por sentir la textura del manjar dorado. Despertaron de su sopor al sentir crujir las escaleras de madera que llevaban a los cuartos principales en el piso de arriba de la casa. Wonder y El Niño Poeta se miraron asustados y salieron corriendo a un refugio cercano que habían dispuesto hace días como su nuevo hogar. Una cuevita dentro de un árbol.

Una vez dentro de la cuevita ambos se miraron fascinados por el reciente descubrimiento. El Niño Poeta con un poco más de miedo, pero Wonder dispuesta a saltarse todas las reglas para alcanzar a probar, aunque fuese un poquito del contenido de los frascos.

Esa noche les costó dormir. Aún tenían el olor del dulce de leche adherido a las fosas nasales, y cada vez que lo pensaban, largaban baba como perros. Era tanta la curiosidad que se olvidaron de la ceremonia de la noche, de admirar las estrellas y de cantarle canciones a la luna. Solo pensaban en el dulce de leche.

A la mañana siguiente, Wonder despertó dispuesta a volver a la casita de madera. El Niño Poeta la seguía como una sombra, pero estaba inundado de miedo. Giró el pomo a la derecha, miró alrededor cuidándose de que la casa estuviera vacía, dio un paso al frente y corrió de inmediato a la cocina alcanzando uno de los frascos más cercanos de una de las estanterías. Lo abrió con los dientes y lo colocó en el entrecejo de El Niño Poeta invitándolo a probar primero. El Niño Poeta miraba el frasco y la miraba a ella con un miedo aún más intenso. Pero el olor era abrasivo y sus papilas gustativas ya estaban desbordadas de baba, lo que hizo que ambos, al mismo tiempo metieran los dedos en el frasco para coger un poco de dulce y atragantarse con él.

Sus ojos se cerraron al instante, se regodearon en el sabor intenso y se empalagaron al punto de casi asfixiarse, pero estaban tan extasiados que no pudieron parar. El dulce se les empelotó entre los dientes y se les metió por dentro de las uñas tanto que se las coloreó.

A lo lejos, hacia los campos de lavanda, se escuchó una detonación seca que los hizo voltearse a mirar tan solo un par de segundos. No fue lo suficientemente fuerte para sacarlos de su encuentro con el dulce de leche, pero si alteró el orden del Edén aniquilando la mitad de los campos.

Wonder y El Niño Poeta no se percatarían sino hasta mucho después, cuando ya sería demasiado tarde.

LA REALIDAD

Ofelia era la más rara de todas las mujeres del campus. Se caracterizaba por usar ropa bohemia y llena de colores, lo que hacía que fuera la artista dramática y pintoresca de todo su clan. Tanto desparpajo y diferencia hacían de Ofelia una mujer irresistible para los intelectuales y políticos amateurs que la rodeaban. Se comentaba que tenía energía de bruja. De hecho, asumían que practicaba la hechicería porque siempre le veían las manos llenas de polvos de colores y destilando olor a flores. Ofelia nunca afirmaba lo que de ella se decía, pero tampoco lo descartaba. Esto generaba una curiosidad por el misticismo que sacaba de los cuadrados a los más científicos y robaba las miradas de reojo de aquellos negados a creer en la magia.

Por su parte, Teo, era igual de místico que Ofelia, pero menos atractivo. Tenía la cara de un humano no evolucionado. Como un hombre del cromañón. La mandíbula pronunciada y la cara peluda, con vellos gruesísimos de color negro. Sus manos, sin embargo, eran hermosas. Ofelia siempre le hacía hincapié en que debía ser modelo de manos porque el acabado anatómico era tan perfecto que de seguro le pagarían mucho dinero por sostener una cerveza, una camisa o alguna fruta.

Teo amaba escribir poesías. Era el mejor poeta que Ofelia hubiese conocido en persona y siempre se sintió afortunada de ser su amiga, porque aseguraba que compartía con un auténtico sabio y no como los que pasaban en la televisión que se creían, pero no eran.

Una noche, Teo y Ofelia se quedaron hasta tarde mirando películas de cine independiente en un salón vacío de uno de los edificios que daba justo en frente de la parada de autobuses. Al mirar que la hora se les había pasado, corrieron azorados para poder coger el último bus de turno ya que ninguno de los dos tenía carro y si no lo tomaban, debían volver a casa pidiendo un aventón. Llegaron jadeando y ocuparon un par de puestos que daban hacia el fondo. Al sentarse respiraron cansados y se dispusieron a disfrutar del viaje.

Los pocos que lo abordaban iban cansados y con las caras largas de tanto estudiar. Teo y Ofelia ocupaban los últimos puestos porque no eran muy amantes de regodearse con la gente y siempre preferían la intimidad. Esa noche Ofelia llevaba unas pantimedias de color verde olivo con rombos que Teo en secreto adoraba porque el verde olivo era su color favorito. Teo y Ofelia eran mejores amigos. Ambos, artistas empedernidos amantes de la poesía, cosa que hacía contraste con el lugar en el que estudiaban lleno de geeks e ingenieros pragmáticos.

Teo sacó de su bolsillo un tubo de dulce de leche que había comprado en la cantina universitaria y que estaba guardando justo para el final del día con tal de disfrutarlo con calma. Ofelia reposaba la cabeza en su hombro y luchaba para no dormirse. El olor del dulce de leche le apuntaba directo a su nariz y fue inevitable que se le hiciera agua la boca.

Un cosquilleo le recorrió el cuerpo comenzando desde su sexo y terminando en su lengua. Quería probar el dulce de leche desde la boca de Teo.

Desde los labios grandes y pronunciados de Teo.

Labios prohibidos.

Es importante acotar que tanto Teo como Ofelia pertenecían a otro lugar. A otro lugar del corazón.

El olor del dulce de leche comenzó a descontrolar a Ofelia, y Teo, a su vez, comenzó a embriagarse de su olor de flores y su vibra hechicera al punto que creyó estar bajo un sortilegio. Ambos se mantenían en la misma postura y lo único que hablaba a través de ellos eran sus almas.

Y sus genitales.

Con un desnivel del piso, el autobús dio un salto que sacudió a todos en su interior. El sacudón fue la excusa perfecta, y Ofelia y Teo juntaron sus labios para desencadenar un beso maldito que a su vez desató mil fieras e incendios, pero que en ese momento, ni Ofelia ni Teo pudieron ver. El beso fue tan intenso y ansiado, que ambos desearon estar uno dentro del otro para así poder completar el encantamiento, la poesía. El coito vulgar y corriente. Pero había gente en el autobús, gente que no podía verlos ni saber de su beso pecaminoso. Por ende, mientras más se besaban, más escondían las cabezas por debajo de los asientos de cuero falso. Se besaron despacio. La saliva se les fundía con el dulce de leche. Se les llenó la boca de melcocha y baba. Teo la tomó por detrás del cuello para acercarla y con la misma mano acarició las pantimedias de rombos que tanto le generaban excitación. Fue un beso que duró diez minutos exactos.

La parada los despertó de su aventura. Al llegar, se miraron como reconociéndose, haciendo el papel más grande de sus vidas para no delatarse, tratando de borrar el brillo de éxtasis e intentando parecer los mismos freaks de siempre, pero esta vez con un secreto por guardar.

Teo, con el tiempo, habiendo despedido a Ofelia de su vida, recordaría los rombos y el dulce de leche como códigos de una de las noches más placenteras de su existencia, en la que solo con un beso, pudo ser él mismo.

Pudo convertirse en el mejor de los artistas solo por diez minutos.

Diez minutos que le devolvieron las ganas de creer y de crear.

"He de esconderte. Quizás un papel con una cruz y una línea punteada sirva. Quiero protegerte como se hace con un tesoro. Aunque deba guardar un sinfín de secretos, siempre habrá lugar para ti" F.

LA GUERRA

Latin Simone de Gorillaz (déjalo si quieres continuar)

Wonder y El Niño Poeta continuaron visitando la casita de madera para hartarse de dulce de leche los días siguientes a la primera probada. Sin notarlo lo habían convertido en una adicción. Una adicción que a su vez estaba provocando un caos que ellos no podían ver. Los campos de lavanda morían incendiados hasta achicharrarse acumulando maleza y cenizas que cada vez se proliferaban más y más. La colina de la sorpresa se desmoronaba en pedazos quemados que volaban por el aire dejando una estela brillante y ahumada, provocada por la misma llamarada. La fragancia a lavanda se había esfumado y el olor a humo contaminó el ambiente haciéndolo irrespirable.

Wonder fue la primera en acusar lo que afuera sucedía. Le tardó comprenderlo ya que dentro de la casa todo funcionaba a la perfección y seguía oliendo a lavanda y a dulce de leche fresco. Decidió asomarse por la ventana principal y una bala furiosa atravesó el cristal y le rozó el lado derecho de la cabeza haciéndola sangrar en el acto. La impresión la hizo irse al suelo desplomada del susto, estallando en un llanto nervioso, con las manos cubiertas de sangre.

El Niño Poeta despertó del sopor con la detonación. Corrió a socorrer a Wonder, también muerto del miedo, y justo en su intento de asistirla, la casa comenzó a crujir derrumbándose poco a poco haciéndose polvillo y madera seca. La chimenea se apagó de sopetón. Ambos entendieron que ahí no estarían seguros y decidieron salir y correr al refugio del árbol.

Apenas colocaron un pie fuera de la casa, comenzaron a escucharse innumerables detonaciones de balas y bombas que le abrían agujeros a la tierra, pero que ellos no comprendían de dónde provenían.

Con el tiempo intuyeron que el dueño de la casa, omnipresente, estaba desatando su furia por haber violado las normas con el dulce de leche.

Wonder y El Niño Poeta corrieron tratando de esquivar los impactos de bala, pero en su carrera desesperada cayeron en uno de los agujeros de la tierra, golpeándose y ensuciándose por completo.

La herida de Wonder se cundió de cenizas y tierra lo que hizo que el ardor empeorara. Wonder lloraba y gritaba sin ningún sentido, sin siquiera pedir ayuda. El Niño Poeta se limitó a verla regocijarse en su crisis y cansado de huir y pecar, se sentó a llorar, pero de pura culpa.

Pasaron horas, días, y hasta meses. La guerra había cesado. Wonder y El Niño Poeta permanecían en el hueco y ya no lucían tan ingenuos e infantiles como cuando llegaron al mundo. Tenían las uñas sucias de tanto tratar de escalar para poder salir. Habían perdido peso porque solo se alimentaban de gusanos. La herida de Wonder cicatrizó por naturaleza y le dejó un queloide enorme que le impediría de por vida la crecida de cabellos en ese pedazo de cabeza.

Ambos se trataban como extraños, ya no hablaban de la luna ni de las estrellas y mucho menos del uno y del otro.

Ya simplemente se limitaban a estar. A vegetar.

Wonder, siempre más arriesgada, decidió hacer de su ropaje una liana que lanzaría al exterior esperando que se enganchara con alguna rama para ella así poder salir a la luz.

Sorpresivamente pudo lograrlo.

Desnuda con su cuerpo escuálido, se aferró a la tela y comenzó a escalar con mucha dificultad hasta llegar al borde del hoyo, del cual se agarró con todas sus fuerzas para lograr salir. Una vez estando arriba se volteó a buscar a El Niño Poeta y a insistirle que confiara en ella, que todo estaría bien y que afuera, con suerte, no volverían a ser atacados y volverían a vestirse. Volverían a bañarse con el agua de algún río o de la lluvia misma, comerían los frutos de los árboles, y quizás un poco de dulce de leche, si esta vez lo pedían en vez de tomarlo sin autorización. El Niño Poeta al escuchar del dulce de leche se desquició al punto de arrancarse su propia ropa y destruirla, así como también acabó por destruir la liana improvisada sin posibilidad alguna de dejar a su alcance alguna herramienta para escalar.

Wonder pasó tres noches exactas haciendo vela al lado del hueco y buscando a su alrededor algo que le sirviera de ayuda para sacar a El Niño Poeta, pero él estaba negado a salir.

Al tercer día Wonder se alejó silenciosa, sin despedirse. Tenía el corazón roto, pero sabía que su compañero no le pertenecía, y entendió que, si él quería residir en el hueco de tierra para siempre, él sería el que se estaría perdiendo la belleza del universo, la fragancia pura de la lavanda y la colina de las sorpresas, y no ella, que a pesar de todo, estaba aferrada a vivir y sentir con intensidad.

Incluso ambos hubiesen ideado su propia receta de dulce de leche y se habrían fabricado su propia casa de madera adornada con hojas y ramilletes de flores violetas. Pero, *donde no puedas amar, no te demores*. *Frida Kahlo.*

Y así fue.

¿POR QUÉ "WONDER Y EL NIÑO POETA"?

Ofelia miraba distraída por la ventana del bus universitario mientras su playlist reproducía *Kids With Guns de Gorillaz* a todo volumen. Tenía un dejo de agotamiento y tormento que la acompañaba a donde fuera. No paraba de rebobinar en su cabeza todo lo sucedido.

Después del beso con Teo, los encuentros entre ambos se tornaron cada vez más pasionales y sentimentalistas. Como dos adolescentes, se escapaban de sus aulas de clase encontrándose en alguna otra aula vacía para besarse y tocarse, sin llegar nunca a consumar su acto sexual. Ofelia se ataviaba de sus faldas más sueltas para que las manos de Teo se escudriñaran entre sus piernas.

Ella amaba enmarañar sus dedos en la cabellera larga de Teo y de vez en cuando la halaba de pura lujuria. Sus besos eran interminables y colegiales. Y cuando hablo de colegiales, hablo de hormonas.

Hormonas desesperadas.

Teo y Ofelia tenían la costumbre de llevar un diario cada uno en el que escribían sus poemas y sus odas a la luna, y en el que en alguna que otra página se confesaban cuánto se deseaban.

Ellos creyeron amarse. En el fondo era una infatuación.

Se lamían el cerebro y los labios.

Eran fascinantes el uno para el otro.

Pero Teo y Ofelia siempre fueron un despropósito. Ambos compartían sus ingenuas vidas con alguien más. Dos desafortunados que ignoraban completamente su *affaire*. Lo ignoraban hasta el día en que la obsesión se les hizo evidente.

Caos.

En una misma semana, sus relaciones con los terceros estaban quebradas, sus calificaciones reprobadas, uno de sus mejores amigos casi muere en un accidente de auto, Ofelia sufrió un golpe muy fuerte en su cabeza del lado derecho debido a una caída estrepitosa, y el sentimiento de culpa le quitó toda la sensualidad a Teo.

Todo el campus se enteró de su relación escondida.

A Ofelia la etiquetaron de fácil y a Teo de héroe, porque, cómo era posible que un hombre tan poco atractivo hubiese podido conquistar a la bruja más deseada entre los nerds. Mucho coeficiente intelectual pero poca inteligencia espiritual. Una de las tantas ramas podridas del machismo.

Lo que la gente decía no era capaz de afectar a Ofelia. Pero la destrucción de su *Wonderland*, sí.

Ofelia trató por días de conversar con Teo, pero este la evitaba por culpa y pena. No sentía merecerla y lamentaba al mismo tiempo haber dañado a su pareja legítima que tanto lo amaba.

En el fondo, su cuerpo, su alma y su miembro masculino aún seguían pensando en Ofelia, lo cual hacía de sus noches de culpa un letargo. Llegó a entender por qué la tildaban de hechicera. Lo entendió desde las vísceras. El cuerpo le ardía pidiéndola a gritos. En un arranque, en medio de un pasillo de la cátedra, llegó a confesarle que la amaba.

—Te amo —le dijo en un tono de voz alterado.

Ofelia no supo qué contestar.

Sabía que estaba asustado y necesitado. Todo al mismo tiempo. Lo miró contrariada y lo citó en la biblioteca a las seis de la tarde. La hora en que el recinto estaba más vacío.

—No esperaba que vinieras. Me has estado evadiendo. Aun así, gracias —dijo Ofelia, mostrándose impaciente desde la mesa en la que lo había estado esperando.

—Vengo a acabar con esto. Nuestra fantasía de Wonder y El Niño Poeta debe terminar —dijo Teo temblando de ansiedad y contradicción—. Sé que te dije aquella palabra intensa y desesperada hace unas horas, pero estoy convencido de que nunca podremos congeniar. Tú no te mantienes con poemas, y yo vivo a la sombra de tu belleza. Necesito parar, de ti, del diario, de los besos, de las llamadas —agregó, porque no quería decir nada de lo que estaba diciendo, pero su decisión estaba tomada—. Prefiero mantenerme como estaba. Al menos eso me da la seguridad de no estar solo nunca. Alguien me ama, sin poemas y sin arte, pero me ama con simpleza, y no con pasión. Tu pasión me está enloqueciendo —le dijo Teo al tiempo en que se daba media vuelta para abandonar el lugar.

En la mesa pequeña y redonda, con la estantería de libros de física detrás, Ofelia permaneció descompuesta.

Volviendo al bus. A Ofelia rebobinando.

Hacía ya un mes desde que Ofelia y Teo quedaron al descubierto. Desde la última vez en la biblioteca no volvieron a encontrarse por voluntad propia. Se topaban de vez en cuando en algún pasillo o en algún autobús, pero jamás se volvieron a dirigir la palabra. Teo esquivaba la mirada de Ofelia sintiendo que, si mantenía contacto visual, al menos por unos segundos, todo volvería a desatarse.

Y ya era suficiente.

Ya habían tenido suficiente.

Ofelia, siempre más arriesgada, habría estado dispuesta a mirarlo y a tenerlo de su lado. Se habría jugado el mundo entero en su contra. Se habría enfrentado a todo y a todos, incluso a sí misma. Pero nunca recibió un aliento.

Ofelia recordaría de por vida a Teo como su primera aventura artística-pasional. Le agradecería la inspiración y la magia. Incluso un día, después de muchos años, volvería a abrir su diario para escribir algo nuevo. Para plasmar sus recuerdos a través de metáforas, y para dibujar con palabras lo que para ella fue su país de las maravillas en algún momento de su vida.

Su Edén.

Su iniciación a la pasión y a las letras. Su primera válvula de escape con dos personajes ficticios, que se conocieron para robarse un dulce de leche, desatando la furia de lo prohibido y viviendo el idilio de los que aman con vehemencia y sin raciocinio.

Wonder y El Niño Poeta eran los seudónimos que

Ofelia y Teo utilizaban para escribir en el diario compartido. Ofelia conservó el diario. Teo lo guardó bajo llave esperando no volver a encontrarlo.

Nunca tuvo el valor de quemarlo.

EXTRACTO DEL DIARIO

"Tal vez la Matrix sí existe y nosotros finalmente podemos abrir los ojos: para ver lo desagradable y contemplar lo bello. Estamos confundidos, estamos viviendo… y nadie, ni siquiera nosotros mismos, nos puede culpar por VIVIR" A.I. El Niño Poeta.

EL DÍA EN QUE EL NARCO ME BENDIJO

LA ORUGA

—No no no, por favor no me dejes aquí sola, es muy tarde.

—¡Déjame en paz!

—Mírame, déjame explicarte, prometo hacerlo diferente esta vez.

—¡Que te calles!

—Espera, no, por favor no te vayas, no me quiero quedar aquí sola.

—Te lo has buscado. Estoy harto de ti. Te ves tan horrenda cuando lloras. La cara se te marchita y el aliento te huele a pura sal. Qué asco me das ¡SUÉLTAME!

—Ares… Ares espera. Por favor permíteme demostrarte que todo es diferente. Dame otra oportunidad. Ares… ¡ARES!

LAS DOS CARAS DE LA MONEDA

Hubo una época muy rara en nuestra existencia en que la gente se encontraba para idolatrarse. Veían en su prójimo lo que más admiraban y deseaban para sí. Era una generación ciega que solo pretendía obtener trofeos sentimentales y que no estaba realmente afanada en profundizar. Hubo una época en que todos nos convertíamos en lo que los demás querían de nosotros, no en lo que nosotros ansiábamos ser. Nos peinábamos acorde al personaje más de moda, caminábamos estirados intentando dar aires de grandeza y hasta creíamos que todo lo que pasaba en las películas podía pasar en la vida real.

Las criaturas mitológicas, los vampiros, las sirenas, los reyes casándose con la nobleza, el espía novel que salva a la nación, el golpe de suerte de un artista en el aeropuerto… creíamos en pura ficción, y así vivíamos.

Aurora era la más joven de su clase de arte, aunque no lo aparentara. Tenía las caderas anchas y siempre fue una jovencita muy sensual, lo que hacía que todos dudaran de su virginidad. Era rara físicamente. Tenía las cejas pobladas, la nariz respingada y el cuerpo lleno de pecas. Sus ojos, eran dos pequeñas amatistas. Había nacido con el iris color violeta. Adicional a eso, Aurora era un prodigio del teatro y la música. Comprendía tan bien la psiquis de sus personajes que parecía que hubiese vivido mucho como para archivar tanto conocimiento de la vida.

Aurora contaba con diecisiete años cuando conoció a Ares.

En el café del gran teatro, donde los actores se sentaban a charlar y a ensayar, se había organizado una especie de vals romántico y barroco con motivo de la celebración del día de San Valentín. De los depósitos de vestuario salieron vestidos y trajes que parecían sacados del armario de Luis XV y María Antonieta. Habían armado un festín enorme lleno de frutas, carne y vino y todos bebían, comían y reían atestados de la presencia del Dios Baco en aquel lugar.

Aurora, al terminar su último ensayo, corrió a buscar su vestido y su peluca, y se coloreó la cara con polvos blancos y rojos que le cubrieron un poco sus tan visibles pecas. A pesar de lo rimbombante, Aurora se veía prístina. El vestido azul que escogió la hacía flotar entre el resto. Su peluca tampoco era muy discreta. Era blanca con crespos en las puntas y tenía una bomba enorme en el medio que iba a juego con la pomposidad del vestido. Al bajar al cafetín se encontró con dos de sus mejores amigos, Paco y Noé, quienes al verla tan bonita la metieron en el centro de la pista para bailar juntos, una canción que Aurora no recuerda muy bien, pero que siempre creyó que se trataba de una especie de tonada folklórica francesa muy alegre, que los tenía a todos gritando eufóricos y desparramando el vino por todo el piso después de brindar repetidas veces. Aurora, Paco y Noé, formaron un círculo pequeñito en el medio de toda la multitud y se abrazaron cundidos de puro amor. Se dieron un inofensivo pico en los labios cada uno y siguieron bailando desentendidos hasta que Noé consiguió un acompañante que además de bailar, podía ofrecerle romance.

—Anímate, Noé, baila con él. Don´t be shy —le dijo Paco alentándolo en voz baja.

—Qué facilidad tienes de convencerme, Paco. Nos vemos ahora, amados. —Haciendo una reverencia partió a los brazos de su cortejo para seguir con la danza.

—¿De dónde lo conozco, Paco? —preguntó Aurora.

—Es Felicio Hidalgo, ha ganado tres años consecutivos el premio a mejor actor. Lleva más de treinta años haciendo teatro, no puede ser que no lo reconozcas.

—El protagonista de *La Divina Comedia* —afirmó Aurora cayendo en cuenta.

—Ese mismo. Vaya partidazo se sacó nuestro Noé. He deserves it.

—Sigamos bailando mientras nos sacamos nosotros la lotería —propuso Aurora.

Y bailaron efusivos al ritmo de *Les Jours Tristes de Yann Tiersen*.

Al cabo de unos minutos el ambiente se tornaba más sensorial. Incluso más de lo que ya estaba. Del techo del recinto colgaban pendientes de cristales y flores que proyectaban en el piso una galaxia de estrellas.

Todos comenzaron a delirar por el vino y quién sabe qué otras drogas. Comenzó a sonar *Comptine D'un Autre Été*, también de *Yann Tiersen*, y las luces bajaron al punto de solo reflejar el brillo de los cristales. Aurora abrazaba a Paco mientras bailaban la triste canción.

En un giro pausado, los ojos de Aurora vieron por primera vez los ojos de Ares.

Ares, el apolíneo, silencioso y misterioso actor que se encontraba de pie frente a las escaleras disfrutando la música y pensando como recrearla con la flauta dulce que tenía en casa. Al ver a Aurora, se distrajo de su pensamiento, y sin meditarlo, se acercó a ella para invitarla a bailar.

—Paco, ¿me permites? —preguntó Ares.

—Por supuesto. Pero cuídala, que baila con la fragilidad de una muñeca de cristal.

Aurora siguió con la mirada a su amigo quien se alejaba haciéndole señas de que todo estaría bien. Aurora, con la respiración entrecortada, colocó su mano sobre la de Ares y se dejó llevar al ritmo del vals, sin decir nada, sin siquiera mirarse. Ares la acercó a su pecho, tanto que Aurora se recostó sobre él sin chistar. La piel de Ares se sentía fría, como la piel de una criatura no humana. Tenía el cabello largo recogido en un lacito negro de terciopelo que iba a juego con su traje. La hermosura de Ares era indiscutible. Sus rasgos delineados y su ínfula de majestad ejercían un poder en la gente muy difícil de explicar. El mundo entero se rendía a sus pies, y él lo sabía.

Definitivamente lo sabía.

Aurora bailó con él la canción que repitieron unas veinte veces, ya que solo duraba dos minutos y la gente estaba tan absorta en la melodía, que no quisieron parar. Mientras bailaban, Aurora se preguntaba si debía mirarlo o esperar a que terminara para poderle conversar. Ares bailaba con tanta gracia, que Aurora decidió cerrar sus ojos y dejarse llevar. De repente sintió que sus pies no tocaban el suelo y descubrió que ambos estaban elevándose al menos unos milímetros por encima del ras. Aurora seguía incapaz de mirarlo. Ares, cogió la peluca blanca con su mano y se la retiró tan sutilmente que Aurora no pudo sentir cuando su cabello larguísimo caía en picada por su cintura. Ares la apartó para verle la cara. Comenzaron a bailar mirándose. Aurora empezó a reír con una risa desenfrenada y Ares se unió a su hilaridad riendo también sin aún tocar el suelo. Reían con tantas ganas que la risa les provocó dolor en el abdomen. Comenzaron a dar vueltas, Ares iba por delante y detrás de ella, Aurora coqueteaba mientras bailaba y movía su pelaje al ritmo de sus pasos. Bailaron y rieron hasta sentir que los pies les volvieron a tocar el suelo, al tiempo que la canción, al fin, estaba siendo reemplazada. Ya pisando firme, y cansados de tanto reír, hicieron una reverencia de despedida.

Aurora corrió a buscar a Paco y a Noé para contarles lo sucedido. Terminaron la celebración, cotilleando de los acontecimientos en la plaza más cercana. Aún con sus vestidos de fiesta, comieron hot dogs en un puesto a la intemperie, y se dedicaron a mirar asombrados, y manchados de salsa, el amanecer.

Los días siguientes al vals de San Valentín, el interés de Ares por Aurora crecía de forma desmedida.

Crecía desde el ego.

Crecía desde su fantasía vampírica de enamorar a la hermosa y virginal doncella, para al final, drenarle la sangre clavándole sus grandes y afilados colmillos en el cuello. Ares, en el fondo, solo buscaba satisfacerse. Pero eso ni él mismo lo entendía.

Por semanas enteras envió extraños regalos a Aurora buscando llamar su atención. Dientes de tiburón, frascos con sangre artificial, pañuelos impregnados de fragancia de cedro, cartas escritas con lápiz proponiendo frases cortas, uvas blancas y en un par de ocasiones, un pedazo de sí mismo, como un mechón de pelo o alguna uña rota. Aurora encontraba fascinante cada regalo. Se jactaba con sus compañeros de que estaba siendo cortejada por Ares, y soñaba con el momento de consumar su deslumbramiento con el primer beso de amor. Muy cursi la premisa. Pero Aurora vivía en una saga ficticia teenager, y eso la enloquecía.

Como era de esperarse, sucedió el beso, sucedió la primera vez, sucedieron más besos, y sucedieron más primeras veces. Sucedió que Aurora y Ares eran ahora el objeto del deseo. La pareja modelo. La fantasía *Crepúsculo*. La cima de la montaña.

Y ninguno de los dos sabía llevarlo de forma correcta, pero les embriagaba.

Les embriagaba peligrosamente.

EL RITUAL

—Vamos a quedarnos juntos hoy también —propuso Aurora.

—Mmm. Vale. Pero tienes que prometerme que esta vez sí harás lo que yo te pida.

Dudando, Aurora contestó.

—Está bien, pero vamos a quedarnos juntos. No quiero estar sola.

Eran pasada las doce cuando Aurora y Ares entraron en la habitación del hotel. Un hotel modesto. El cuarto era pequeño, con una cama matrimonial enorme en el centro y espejos en el techo y en las paredes. El baño tenía un aspecto deplorable, pero estaba limpio. Las baldosas eran de color azul claro lavado, y había una cesta de mimbre a un lado del lavabo atestada de jabones circulares que olían a viejo, a un pachulí nada agradable. La cama de roble barnizado estaba vestida con sábanas blancas que a la luz amarilla de las lámparas, se transparentaban. A pesar de lo decadente, era un sitio cómodo. Ares y Aurora ya habían visitado este lugar repetidas veces. En este lugar se encontraron sexualmente por primera vez y con el tiempo lo habían convertido en su punto recurrente. No solo sexualizaban. Hablaban, comían, escuchaban música, y en ocasiones, Ares le pedía a Aurora que cumpliera con algún ritual. Aurora no se sentía a gusto con los rituales porque exigían de ella algo que era incapaz de dar, pero Ares siempre la convencía de que era lo mejor, y que, si quería estar con él, esas eran sus condiciones.

Esa noche el ritual comenzó después de una charla intensa acerca de un superpoder olfativo que Ares creía que tenía.

Creía, siempre creía.

Los rituales no consistían en brujería santera, palera, o nada que se le parezca, pero al final, era magia, y no magia buena, sino una magia oscura propia del universo que te conecta con energías tan perturbadoras que llegan a modificarte, a enloquecerte o a maldecirte. Ares sentía que con cada ritual estaba más cerca de convertirse en una criatura mítica de adoración, y Aurora, por supuesto, era su sacrificio. La obligaba a vestirse como una ninfa y adorarlo, complacer sus peticiones sexuales más retorcidas, beber y comer carne y vino, como cuerpo y sangre, pero sin la referencia bíblica, y estar a su servicio como una esclava. Usaba las palabras precisas para moldearla.

Esa noche, Aurora vestía con una manta casi traslúcida. La tenía puesta como una batola de esas que se usaban en la antigua Grecia. Llevaba ya unos veinte minutos de rodillas alabando el cuerpo de Ares masajeando sus pies. La postura prolongada estaba empezando a enrojecer sus articulaciones.

—Levántate y dame algo de comer —exigió Ares recostado en el copete de la cama.

Aurora cogió un pedazo de carne cocida a término medio y la rebanó acercándole los pedazos a su boca.

—Sabes que me excita mucho que hagas esto. No tienes porqué sentirte mal. Piensa que lo estás haciendo por nosotros —dijo Ares con la boca llena de carne jugosa—. Aparta ya la comida y tráeme el cuchillo con el que la picaste. Límpialo antes.

Aurora limpió el cuchillo con el mismo harapo que cargaba puesto y se lo entregó a Ares temblando de miedo. Ares colocó el cuchillo en la mesa de noche junto a él y acostó a Aurora boca arriba instándola a tranquilizarse. Comenzó a acariciar su mano derecha con el filo de la hoja de plata.

—Haré un corte pequeño. El contacto de tu sangre con mi piel hará que seamos uno, Aurora.

—No, Ares, por favor —dijo Aurora entrando en pánico —. No creo que sea necesario, mi amor. Tú y yo ya somos uno…

Y antes de articular la última palabra, Ares hizo una raja diagonal no muy profunda que empezó a despedir sangre de forma escandalosa. La sangre de Aurora era clarita, casi llegando a ser rosa, aislada del color convencional. Mientras esto sucedía, Ares pronunciaba casi en susurro lo que parecía ser un mantra en otra lengua. Aurora ya lo había visto hacer esto antes, en otro contexto. No entendía lo que decía, y nunca tuvo la intención de preguntárselo.

La impresión del corte, aunado a los nervios, hicieron que Aurora se orinara encima. Al percatarse, Ares la tomó del brazo y logró voltearla penetrándola con brusquedad.

—Te he dicho que no debes tener miedo —dijo

realizando su movimiento de entrada y salida—. Piensa que todo esto es por nosotros.

Las paredes de la habitación comenzaron a estremecerse al ritmo del acto sexual. Con cada vibración, se liberaba una onda azul marino casi negra. Como una brea, pero sin el espesor, lo que hizo que la energía se tornara pesada e insostenible.

El coito duró poco, aunque en el cuerpo de Aurora se sintió como una eternidad. Su mano ya no sangraba, pero el olor de su propio orine la desagradó al punto en que aguantaba su respiración de forma intermitente.

Aurora desprendió cada líquido de su cuerpo, incluyendo lágrimas de humillación. Aguantó vejaciones que le iban quitando de a poco, cada capa de humanidad. Mientras las capas invisibles caían en el piso de la habitación, Aurora se perdía a si misma quedando a merced de Ares. Y así pasaba siempre. Era un ciclo interminable en el que el lobo sofoca a su presa, pero no termina de aniquilarle. Una agonía.

Al finalizar el ritual, Ares se levantó a terminar de comer su carne y Aurora retiró las sábanas sucias de la cama haciéndolas a un lado. Se desprendió del atuendo y fue a ducharse. Al pie de la ducha encontró un pedazo de plástico manchado de algo que parecía ser óxido. El baño no estaba del todo limpio. Sintió asco y sacó sus pies del recuadro de cerámica mojando el resto del espacio. Al salir de la ducha, resbaló de forma vertiginosa cayendo hacia adelante. Su mandíbula fue a dar directo al piso ocasionando que dentro de su boca algo estallara, dientes, lengua, carne, no sabía. La sangre le empapó la cara y el largo cabello, y el mareo propio de la descompensación le impidió hablar y moverse. Acusó que su rodilla también había sufrido un golpe fuerte. Comenzó a llamar a Ares, pero su voz era un hilo, la ducha seguían encendida, y Ares no podía escuchar.

Decidió permanecer acostada en el suelo helado por unos minutos antes de hacer el intento de ponerse de pie. Estaba agotada. Comenzó a llorar, una vez más, y en su llanto, hondo y desgarrado, se vio a sí misma como una oruga. Una oruga asquerosa llena de saliva y sangre que se arrastraba por el piso deseando poder volar. No de esas orugas verdes y bonitas, no, sino de esas marrones odiosas a la vista que solo provoca pisarlas.

Aurora ya no era Aurora. Era una oruga.

Una oruga que ya había sido pisada.

LOVE IS NOT A VICTORY MARCH, IT´S A COLD AND IT´S A BROKEN HALLELUJAH

Hallelujah de Rufus Wainwright

Aurora pasó de ser una fuente de luz inagotable a convertirse en un bulto gris marchito andante por pura inercia. Sus ojos estaban hundidos y eran dos huecos opacos, inanimados. Había cambiado su horario, vivía de noche, en servicio de Ares. Lograba dormir un par de horas y se despertaba muy temprano para favorecerlo en lo que necesitara. Adelgazó tanto que llegó a pesar lo mismo que una pluma. Las costillas le decoraban el abdomen. Alcanzó una palidez anémica que hizo que sus pecas dejaran de ser llamativas. Su largo cabello se empobreció, por lo que con el tiempo tuvo que cortarlo para que no se viera escaso, pero aun así no tenía brillo

Aurora seguía actuando. Al parecer, su desgracia espiritual la había llevado a encontrarse con el arte con más intensidad. Milagrosamente en el escenario era espléndida, cosa que a Ares le retorcía. Lograba crecerse y convertirse en la maestra del performance, pero al bajarse el telón, volvía a ser un bulto gris.

Había pasado un año desde que Ares y Aurora establecían un vínculo. Un vínculo que había adquirido muchos matices, pero que después de un año, no era más que un dislate. Ares había establecido una relación de dominación y sumisión que tenía a Aurora acabada, y a Ares, fastidiado, por supuesto. Aburrido, esquivo, interesado.

Aurora a pesar de estar rota, seguía recogiendo sobras.

Una larga tarde de agosto, Aurora había implorado a Ares pasar la noche juntos. Esa necesidad de compañía que nace desde la dependencia. Ares le negó tres veces, hasta que a la cuarta, por interés o por piedad, accedió. Acordaron encontrarse en la plaza redonda que quedaba justo a la esquina de la casa de Aurora. Era una plaza muy concurrida, pero esa noche, extrañamente, estaba desolada. El reloj daba las diez cuando ambos se miraron frente al farol que daba a la callecita de negocios pintorescos que rodeaban la plaza.

—¿No tenías algo diferente que ponerte? —musitó Ares con cara de asco.

—Pero creí que te gustaba —expresó Aurora haciendo referencia a su vestido corte de columna, sin sujetadores ni mangas. En otros tiempos, este vestido en Aurora era perfecto. Ahora, con su cuerpo destruido, era un pedazo de tela buscando de donde sostenerse.

—Ya comenzarás con tus dramas y manipulaciones. Qué fastidio, Aurora ¿No te cansas de siempre traerme a este punto? ¿Para eso querías que viniera? —Ares comenzó a alzar la voz.

—Ares, yo solo…

—Déjame. Qué lástima me das.

—No no no, por favor no me dejes aquí sola, es muy tarde. —Aurora desesperada comenzó a llorar.

—¡Déjame en paz! —Ares esquivó la mano de Aurora con tanta fuerza que hizo que Aurora trastabillara.

—Mírame, déjame explicarte, prometo hacerlo diferente esta vez.

—¡Que te calles! —gritó Ares.

—Espera, no, por favor no te vayas, no me quiero quedar aquí sola —dijo tratando de sujetarlo por el brazo.

—Te lo has buscado. Estoy harto de ti. Te ves tan horrenda cuando lloras. La cara se te marchita y el aliento te huele a pura sal. Qué asco me das ¡SUÉLTAME!

—Ares… Ares espera. Por favor permíteme demostrarte que todo es diferente. Dame otra oportunidad. Ares… ¡ARES!

Aurora cayó de rodillas y miró con los ojos llenos de

lágrimas como Ares se iba sin siquiera voltear a mirarla.

El llanto que brotaba desde Aurora esta vez era algo de lo que ella no tenía registro. Lo sentía desde las entrañas. Sentía que en el medio de su corazón se abría un hoyo negro. Un vacío le desplomaba el cuerpo hacia abajo, hacia el centro de la tierra. Era similar al vacío de las montañas rusas, pero sin la emoción ni la adrenalina. Era un vacío de estar desalmado. Muy pocos llegan a llorar así, alguna vez. Aurora lloraba, porque sabía que se había perdido a sí misma. Porque había permitido que él la llevara a ese estado de anulación del ser. Aurora lloraba porque él no aprendió, no sufrió, y podría con toda seguridad, dejar sin alma a alguien más.

Aurora fue abusada, de muchas formas, y el darse cuenta de eso, hizo que llorara aún más fuerte, y en su lamento sostenido, sin tener ningún tipo de deseo de seguir viviendo, Aurora levantó la mirada y clamó a Dios. A su Dios. Al universo.

—Ayúdame, porque yo por mis propios medios no puedo.

Lo repitió unas cuatro o cinco veces. Al bajar la mirada, encontró frente a ella una mariposa azul enorme que volaba con gracia frente a sus ojos. De rodillas, en la plaza, sola y cubierta de llanto, decidió mirar el vuelo de la mariposa un rato, y poco a poco, dejó de sollozar.

Se levantó del piso con una decisión tomada. Una decisión que requería de todo su valor. Volvió a su casa caminando rápido, evitando a los merodeadores de la calle.

Por primera vez en mucho tiempo, durmió esa noche más de ocho horas seguidas, sin su teléfono cerca, sin alarmas, sin despertadores.

Sin nada que la pudiera perturbar.

Aleluya.

LA MUERTE

Twisted Olive Branch de Asaf Avidan

Después de seis meses, Aurora consiguió componerse un poco. Subió de peso, arregló los dientes que había perdido en la caída en el baño del hotel, cortó su cabello, lo pintó de azul, durmió mejor, en los brazos de su padre, y logró reducir sus ataques de pánico, al menos un 40%.

Paco y Noé, la ayudaron a recoger en bolsas negras todo lo que guardaba Aurora de su antiguo yo. Aurora decidió librarse de todo, los regalos extraños, los vestuarios de ritual, el vestido en columna que usó en la plaza, las cartas, las sábanas, todo. Solo conservó un retrato. Un retrato que hacía mucho tiempo, Ares había pintado para ella. Siempre pensó que había dibujado sus caderas muy anchas, pero era una increíble obra de arte. Y así lo guardó.

Paco, Noé, el padre de Aurora, y Aurora, fueron hasta un terreno público cercano donde armaron una fogata a la luz de la luna. Era un terreno de campamento que Aurora conocía gracias a su época de girl scout. Un espacio amplio, de pura tierra. Al fondo lo decoraban unos pinos, y en una cuneta improvisada, guardaban los exploradores la leña con la que hacían las fogatas. El padre de Aurora se dispuso a extender en el suelo unas mantas con estampados de mandalas para cada uno. Paco y Aurora recogieron los troncos para armar la fogata y Noé destapó las botellas de vino y los aperitivos.

Una vez que las llamas empezaron a crecer, Aurora se dispuso a vaciar las bolsas. Comenzó quemando los regalos extraños. Cada vez que las uñas y los mechones de pelo tocaban el fuego, se generaba un estallido de pequeñas chispas de candela que se fundían con las miles de estrellas, pareciendo luces de navidad. Siguió haciendo lo mismo con el resto de las cosas, lo que hizo que la llamarada agarrara más y más fuerza.

Aurora miraba las llamas, que con cada cosa que las alimentaba, se tornaban naranjas, azules y violetas. Su padre, con la cabeza gacha, pronunciaba una oración mientras Paco y Noé se limitaban a permanecer respetuosos ante el momento y la atmósfera.

Después de vaciar las bolsas, Aurora le pidió a Noé que llenara su copa, la de Paco, y la de su padre. Una vez surtidos de vino blanco, Aurora levantó la bebida y pronunció:

—Hoy haremos un último ritual.

Aurora respiró hondo con un nudo en la garganta, conteniendo sus deseos de llorar.

—Hoy haré que esa Aurora muera tranquila. Que sea libre, por primera vez. Todo lo que he quemado se lo ofrezco al universo en símbolo de agradecimiento. Hoy perdonaré, porque no hay alivio más grande que perdonar. Seguiré sanando mis heridas y seguiré recuperándome hasta que crea que es suficiente. Hoy voy a dar muerte al dolor, abriendo paso a la vida…

Volvió a respirar fuerte, aún con la traba en la laringe, pero esta vez dejando escapar una lágrima, que se sentía como una gota ínfima de libertad y alivio.

—Hoy, no voy a creer que soy. HOY SERÉ.

Por debajo, todos pronunciaron un Amén, y al unísono, bebieron de sus copas.

Para Dios.

Para mi madre.

Para mi padre.

Para mis amigos.

BAD GUY

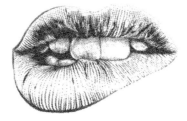

Al caer la noche, las luces de neón comenzaban a apoderarse de la ciudad. El aire estaba tan contaminado por el ritmo agitado de la urbe, que la luna se asomaba siempre con dificultad. Las calles eran estrechas y muchas de ellas estaban sucias y llenas de vendedores ambulantes. Sobraban los modernos rascacielos, pero la vida en ese lugar, eran las tiendas con grandes carteles de neón. Muchos de ellos eran digitales y se movían por un mecanismo muy avanzado.

En el medio de la calle norte, se situaba un antro particular, poco conocido por los turistas —porque no tenía anuncios llamativos—, pero sí por todos aquellos interesados por los tesoros escondidos de la ciudad. La entrada era simple, una puerta marrón desgastada vigilada por un semental trigueño de dos metros. Una vez pasabas esa primera fase, llegabas a lo que parecía ser una bodega llena de golosinas y piñatas. Podías intuir que la estética del lugar era latina. En este espacio, una llamativa mujer vestida y maquillada de La Catrina te lanzaba un acertijo para poder acceder:

"Si encontráramos a la bíblica Eva congelada en un glaciar y en perfecto estado, ¿cómo sabríamos que se trata de Eva?"

Una vez adentro se empezaba a sentir la energía de local nocturno, adornado con miles de calaveras, flores y velones para los muertos. Predominaba el rojo, pero no en tono de burdel ni de cabaret. Era un rojo como de sangre. De ofrenda.

Esa noche, en ese preciso momento, sonaba *Bad Guy de Billie Eilish*. La masa de gente se movía erotizada por el bajo de la canción y la voz de Billie. El local contaba con dos pisos. El piso de arriba estaba lleno de habitaciones que se abrían de forma digital colocando la palma de la mano —previamente ya registrada con el encargado— en el orificio de acero.

Las habitaciones, por supuesto, eran usadas para fines sexuales.

—Ágata, ya es hora —pronunció Ícaro después de haber advertido a Ágata con dos toques discretos a la puerta.

Ícaro permaneció junto al dispositivo de entrada, y pasados 40 segundos exactos, que contó con su reloj de muñeca, apareció Ágata con su abrigo de látex amarillo canario.

—¿Lo tienes? —preguntó Ícaro cerciorándose.

—Sí, costó un poco —dijo Ágata sacando de su pronunciado busto una bolita de cristal mitad verde mitad transparente—. Aún falta. Estimo que un mes será suficiente.

—Ok. Mañana será otro día —dijo Ícaro al tiempo que abandonaban el lugar, haciendo un alto en la entrada para comprar caramelos de regaliz.

A pesar de ser las tres de la madrugada, la calle estaba atestada de vida nocturna. Ágata brillaba con su sobretodo amarillo por entre las multitudes. Ícaro le seguía el paso como resguardándola. Llegaron al estacionamiento cercano donde Ícaro guardaba su auto y echaron a andar a casa de Ágata.

Al día siguiente, a la misma hora, nueve de la noche, Ícaro esperaba a Ágata aparcado en frente del edificio donde ella vivía. Era un edificio modernísimo que por dentro olía justamente a eso: modernidad, acero, limpieza. Un dulzón justo para no empalagar, pero para liberar las endorfinas suficientes para hacerte creer que eras millonario, pudiente y que podías acceder a esos lujos. Una brillante estrategia de marketing.

Ágata tenía diez minutos de retraso. No lograba conseguir sus medias transparentes de brillitos. Las omitió, a pesar de que pensaba que siempre la ayudaban a cumplir su cometido. Bajó corriendo al encuentro con Ícaro y partieron al antro con un poco más de prisa.

—Se trataría de Eva porque no tiene ombligo —dijo Ágata repitiendo como por costumbre.

—Correcto. Welcome back guys —dijo La Catrina al tiempo que con su mano arrimaba las estanterías de chocolate para permitirles el paso.

Adentro el local estaba vacío. No era el prime time, era temprano para que el sitio cobrara vida por completo.

—Tienes solo dos citas hoy Ágata. Una a las once y treinta en el salón beige y otra a las dos de la madrugada en El Segundo Anillo —dijo Ícaro.

—Vale. Súbeme un Bloody Mary. Estaré preparándome.

Ágata subió a la primera habitación que para ese momento se encontraba vacía. Se trataba del salón beige. Un cuarto que a simple vista lucía como un helado de vainilla con dulce de leche. Daba una sensación de comodidad, todo era acolchado y las texturas del edredón, el piso, las almohadas, y hasta los muebles, era suave, delicada al tacto. Ágata se miró en el espejo y se retiró el abrigo amarillo dejando al descubierto su cuerpo de venus. Ágata era gorda, su cuerpo era redondo, voluptuoso y en extremo llamativo. Su cabello era corto, negro, con flequillo. Tenía un perfil delicado y labios grandes, naturales y jugosos. Esa noche llevaba una batita transparente que apenas le tapaba el pubis. La combinó con unos pendientes en forma de gota y zapatos de tacón adornados con piedras preciosas. Guardó el abrigo y las botas en su bolso y se sentó en la cama a esperar.

Ágata sintió como la puerta se abría. Era Ícaro con el trago. La miró de reojo, guardando respeto por su casi desnudez. Mirarla con el rabillo del ojo le bastaba a Ícaro, quien en el fondo, deseaba poder mirarla en su entereza sin sentirse avergonzado. Salió del cuarto, y a los dos minutos divisó a quien sería el acompañante de Ágata. Era un hombre que destilaba poder, pero al mismo tiempo ingenuidad. Ícaro intuyó que era joven.

Ágata, al observar al que ahora sería su nuevo acompañante, se le ruborizó hasta la punta de la nariz. Quedó conmovida con la enorme y honesta sonrisa que le dedicó apenas entró a la habitación.

—Es la primera vez que hago esto. Estoy un poco nervioso —comentó el hombre al tiempo que se despojaba de su abrigo.

—Tranquilo. Agradezco tu sinceridad. Acuéstate boca arriba, miraremos un poco el cielo.

Ágata presionó una combinación de botones que se encontraban junto a la cama, y el techo del recinto comenzó a lucir como un atardecer lleno de nubes en tonos pasteles. De esos atardeceres que parecen una pintura. Ambos comenzaron a mirarlo absortos en la hermosura de los colores. El hombre reía, y su sonrisa, era de las más hermosas y amplias que Ágata había presenciado alguna vez. En la misma posición entablaron una divertida conversación acerca de sus placeres culposos.

Dentro de esa habitación el tiempo transcurrió diferente. A pesar de que solo tenía dos horas para disfrutar con este hombre, los primeros veinte minutos le pasaron con lentitud, y eso lo agradeció.

Estaba genuinamente deslumbrada por él.

Al pasar la primera hora, ya se sentían a gusto y hablaban como si se conociesen de toda la vida.

—Toma Ágata, conserva esto —le dijo poniendo en sus manos una moneda con el sello de un lobo estampado—. Es un amuleto de suerte. No estoy insinuando que lo necesites, pero sí quiero que lo tengas para que me recuerdes.

Ágata se levantó y guardó con discreción el amuleto en su bolita de cristal, lo que hizo que esta se hiciera considerablemente más verde. Al volver a la cama, Ágata tomó con sus manos el rostro de aquel hombre y lo besó corroborando que sus labios eran tan irresistibles como su sonrisa.

Él le devolvió el beso con una pasión y un arrebato casi virginales.

En efecto, el hombre era virgen. Y esto a Ágata la conmovió aún más. Le regaló una primera vez hermosa, llena de paciencia, de comunicación, de suavidad. El salón beige era el complemento perfecto. Intercambiaron múltiples besos que sabían a vainilla, y se descubrieron por momentos, cerrando los ojos con una verdadera desconexión de la realidad.

Al terminar la faena sexual, siguieron besándose debajo del cielo falso que ahora proyectaba el principio de una noche con la luna en cuarto menguante.

Knock knock.

—Ágata, ya es hora —anunció Ícaro desde el otro lado de la puerta.

—Debo irme —dijo Ágata, sintiendo que por primera vez, no quería irse.

—Gracias Ágata —expresó el hombre besando sus nudillos.

Ágata cogió sus cosas, se colocó su abrigo amarillo y salió al encuentro de Ícaro.

—Ícaro casi lo logro, mira… —Le mostró la pequeña bola, que ahora no era mitad y mitad, sino que el verde había alcanzado un 80%.

Los ojos de Ícaro registraron un rastro sutil de celos, vulgares y corrientes.

—Estupendo, pero ahora debemos correr a El Segundo Anillo —dijo Ícaro caminando con rapidez hasta el cuarto que se ubicaba en el lado opuesto.

—Ícaro, no tienes que ser un imbécil.

—Discúlpame, no me encuentro del mejor humor.

Ícaro se detuvo frente a la puerta de El Segundo Anillo y frente al panel digital observó que el acompañante de Ágata ya estaba adentro, esperándola.

—Llegó antes Ágata. Guarda bien la bola y trata de cambiarte lo más rápido que puedas. Con este sólo tienes una hora.

—¿UNA HORA? Ícaro en una hora se me hace muy complicado…

—Roba si es necesario. No lo sé. No nos adelantemos. A lo mejor este es igual de amable que el anterior. —Ícaro pronunció esto con un tono socarrón, a lo que ella le dedicó una mirada sorprendida y de enojo.

Ágata pasó cincuenta y ocho minutos en la habitación. Salió sin que Ícaro la llamara. Ícaro pudo divisar que sus muslos estaban llenos de rosetones. Ágata salió sin el abrigo amarillo, se lo puso afuera al tiempo en que colocaba una fotito de una niña preciosa dentro de la bolita de cristal.

—Tuve que robarle. Se me hizo complicado porque sus fetiches BDSM me mantuvieron todo el tiempo atada de manos.

—Literalmente —dijo Ícaro al percatarse del enrojecimiento de sus muñecas.

Al salir esa noche, La Catrina le entregó un sobre abultado a Ágata y un par de caramelos de regaliz. Ágata e Ícaro hicieron el mismo recorrido, y al estacionarse frente al moderno edificio donde ella vivía, Ágata sacó del sobre quince billetes que colocó en la cartera de Ícaro. Se despidieron con un abrazo, y él echó a andar recordándole en voz alta que mañana volvería por ella, a la misma hora.

LA BOLITA DE CRISTAL

La Bestia de La Vida Boheme

Ágata llevaba alrededor de un año llenando la bola de cristal. Era una especie de aparato mágico con vida que coleccionaba posesiones. Las más preciadas de una persona. El de Ágata estaba conectado de forma directa con su corazón y sus emociones. El humo verde indicaba que se aproximaba a su meta: cuando estuviera pintado por completo, Ágata podría alcanzar un nuevo nivel espiritual y disfrutar de una compañía perfecta que la pudiera hacer sentir plena y feliz.

Le garantizaba el amor eterno.

Al principio no fue fácil. Creyó que en un par de oportunidades llenaría la bolita con una persona, pero lo único que conseguía era dibujarle una franja verde escueta. Se lo atribuía a que las posesiones que lograba coleccionar no eran lo suficiente importantes para sus dueños.

Ícaro, por su parte, siempre había apoyado a Ágata, pero esta le parecía una idea un poco descabellada. Le generaba incluso incomodidad.

Ágata intuyó que un trabajo como el del antro de La Catrina sería perfecto para llenar su bolita porque podría probar y encontrarse con diferentes personas hasta dar con la indicada. Ícaro la confrontó explicándole que solo se trataba de prostituirse, y que nada de eso alimentaría a la bola, pero ella le refutaba, insistiendo que cambiara el término. Para ella no se trataba de prostitución. No lo veía ni siquiera ofensivo. Ágata amaba el acto sexual, y era experta siendo una gran compañera, así que de esa forma se le presentaba a sus conquistas. Tenía la energía de una madre, de una mejor amiga y de una amante, todo en una.

En el fondo, todos sus acompañantes, querían sentirse protegidos y amados.

Eso hizo que se ganara una fama admirable dentro del local y pagaran altísimas fortunas por su compañía perfecta.

Ícaro le propuso su ayuda, haciendo de chofer, de asistente y hasta de guardaespaldas. Ágata aceptó porque le gustaba su presencia. Ícaro lo sugirió, porque no podría dormir a sabiendas que Ágata besaba otras bocas y acariciaba otras manos. Prefería estar cerca de ella, aunque de igual forma, sufriera en silencio.

En los seis meses que Ágata llevaba en el trabajo coleccionó una cantidad considerable de pertenencias: guardapelos, uñas de guitarra, encendedores, relojes, fotos, tótems, lágrimas, cartas, muñequitos y pare usted de contar. En momentos olvidaba el objetivo y se dedicaba a disfrutar a la persona que estuviera en frente, pero al finalizar el tiempo estipulado, quedaba con un vacío en el medio de su pecho que trataba de llenar mirando su bola de cristal, que para colmo, cambiaba de color muy pobremente.

El día del salón beige, su corazón había sentido un atisbo de llenura que hacía tiempo no experimentaba. El virgen de la sonrisa grande le hizo creer que era eterna. Que era poderosa. Que no necesitaba de una estúpida bola, que podía, con el dinero que tenía, huir a La Ciudad del Reloj y hacer su carrera de diseño de modas como siempre había soñado. Eso sí, acompañada de su hombre feliz.

Riendo juntos viendo un cielo real pintado con tizas pasteles…

La ilusión le duró hasta que Ícaro tocó a su puerta, recordando que en su agenda, debía cumplir con alguien más.

Ágata ese día soñó esperanzada que este hombre se devolvería a buscarla. Soñó con su bolita verde. Soñó con La Ciudad del Reloj.

Soñó con ser amada.

Ser amada por una persona, para siempre.

NO SOY MALA POR NO AMARTE

Los días siguientes supusieron un cúmulo de fracasos para Ágata, que a pesar de haberse esforzado mucho, no lograba llenar el 20% restante de su bolita. Estaba hambrienta con la idea de verla verde, lo que hacía que disparara en su cuerpo ataques de ansiedad que muchas veces le propiciaban insomnios.

Ágata dejó de ser una compañera ideal para convertirse en una depredadora.

Sus fieles seguidores ahora la buscaban sin querer establecer ni siquiera un pequeño vínculo emocional. Su cuerpo pasó de ser un templo sagrado y espiritual, a una jaula. Menos que eso, su cuerpo se tornó en un objeto.

Un simple e inanimado objeto de placer. Como un

vibrador eléctrico.

Un domingo, al finalizar con sus citas correspondientes, Ágata abordó el vehículo de Ícaro con una expresión de cansancio y hastío. Le hacía ilusión llegar a su cama y descansar sabiendo que el lunes no trabajaría. Masticaba ansiosa una barra de chocolate con menta que le había comprado a La Catrina.

Ícaro encendió el reproductor del carro y empezó a sonar *My Body Is A Cage de Peter Gabriel*. Se mantuvieron seis minutos de camino en sin decir nada, el tiempo que duraba la canción. Estaban aún a veinte minutos de casa de Ágata cuando Ícaro decidió romper el silencio.

—Debo decirte algo. Sé que no es el mejor momento, Ágata, pero he cogido algo de valor —dijo tragando grueso.

—¿Qué pasa Ícaro? —preguntó desinteresada.

—Creo que me he obsesionado contigo, o enamorado, no estoy seguro.

Ágata se incorporó un tanto sorprendida, pero creyendo sentir lo mismo que él.

—No puedo seguir trabajando para ti. Me está consumiendo el saber que otras personas están haciendo lo que yo me desvivo por lograr —dijo Ícaro.

—Coge este desvío. Estaciona al final de la calle ciega —indicó Ágata.

Ícaro detuvo el carro justo debajo de un Árbol de Júpiter repleto de sus florecillas magenta. Las pocas casas alrededor daban la espalda a esa callejuela sin salida. Eran las de las dos de la madrugada.

—Ícaro, bésame.

Silencio.

—Ícaro…

—Ágata, es que nunca lo he hecho. Nunca he besado a nadie.

—Eres virgen…

—Sí —respondió Ícaro sin un ápice de vergüenza.

Ágata acercó sus pronunciados labios a los de él y le propició un beso que se sintió como el estallido de mil fuegos artificiales en el corazón de Ícaro, que tanto tiempo llevaba esperando ese momento.

Haciendo un esfuerzo de contorsión, lograron llegar a la parte trasera del auto que era mucho más amplia. Ágata comenzó a desvestir a Ícaro con experticia mientras él temblaba de miedo y de placer. Una vez teniendo a Ícaro dentro de sí, comenzó a moverse con su pasión habitual. En la palma de sus manos pudo sentir la piel erizada de Ícaro, quien con los ojos cerrados, besaba repetidas veces el cuello y el pecho de Ágata. Ágata también cerró los ojos dejando escapar un gemido ronco, pero sutil. A los pocos minutos, Ícaro se corría de éxtasis y ella lo acompañó segundos después haciendo que su cuerpo grande y curvilíneo temblara recibiendo múltiples corrientazos en su sexo.

Estando aún encima de Ícaro, hurgó su bolso en búsqueda de la bola de cristal.

—Déjala ya, Ágata. No sirve de nada.

—Ícaro, por favor, regálame algo preciado de ti, lo que más ames…

—Ágata —insistió Ícaro incorporándose y ajustándose de nuevo los pantalones—, ¡ESTO NO TIENE SENTIDO!

—Te lo suplico…

Ícaro cegado de rabia tomó la bolita y abriendo la puerta trasera del auto, salió, aún sin camisa, y estrelló la bola contra el cemento haciendo que todo alrededor se impregnara de una neblina espesa color verde. Ágata salió furibunda cubriendo su cuerpo desnudo con su abrigo amarillo chillón.

—¿QUÉ ACABAS DE HACER? —gritó Ágata con los ojos incendiados, rojos.

—¡LO QUE MÁS AMO EN EL MUNDO ERES TÚ! No tengo nada preciado, nada me llena de la forma que lo haces tú. No valoro nada más que tu presencia. No puedo meterte en la bola de cristal y sé que tampoco soy yo el que va a llenarla. Sé que no me amas de la forma en la que yo lo hago, y nunca lo harás. Eso me enerva, Ágata, me llena de celos y envidia. Por eso no puedo seguir, ni viendo como negocias con el destino a través de la bola, ni acompañándote a que intentes llenarla entregando tu cuerpo y tu alma… tu hermoso cuerpo y tu preciada alma. —Ícaro lloraba copiosamente—. Discúlpame, Ágata, pero ya ha sido suficiente.

Ágata se sintió como la villana en la historia de Ícaro. Se debatió entre consolarlo e intentar amarlo con el mismo frenesí o dejarlo de raíz y acabar con sus esperanzas para siempre.

Se decidió por la segunda.

Tomó todas sus pertenencias y marchó a casa a pie. Ícaro entendió la escena así que no hizo ademán de buscarla, aunque se preocupó por protegerla, y la vigiló a distancia desde su auto mientras ella caminaba hacia su destino.

LA REVELACIÓN

La mañana siguiente −o el mediodía siguiente−, Ágata despertó tranquila repasando los acontecimientos. Levantó el teléfono marcando el número del antro que ese lunes operaba solo con labores administrativas y de limpieza. Ágata presentó su renuncia, y el gerente lamentó la noticia alegando que "El Nahual no volverá a tener a alguien como tú, Gatica. Ninguna de las muchachas toma este oficio con tanto amor y paciencia". El comentario le causó gracia a Ágata que pensó que le había dado un nuevo tinte a la prostitución haciéndola "paciente y amorosa".

Vaya contradicción.

Esa misma semana, Ágata se había sentido muy a gusto consigo misma estando sola. Aplicó para obtener un cupo en la universidad de diseño de La Ciudad del Reloj. Aprendió a meditar, a cocinar, y a quitarse el maquillaje todas las noches haciendo una rutina de skincare. Amaba verse al espejo porque se sentía completa, que nada le escaseaba.

Una tarde, como por revelación sagrada, mientras veía el sol brillando desde su balcón, pensó que después de todo, se sentía mejor ahora, sin la bolita de cristal. Estando con ella misma, había entendido que el amor más grande y duradero, la relación inquebrantable, era la que sostendría con su propio ser de aquí al día de su muerte. Que no debía esperar por un compañero, que debía llevar a cabo todo aquello con lo que siempre soñó. Si en el camino, alguien sostenía su mano y la alentaba a seguir, pues esa sería la persona indicada. Ella más adelante sabría darse cuenta.

Entendió que para ser feliz con alguien, primero debía ser feliz consigo misma.

Sin juicios.

Esta revelación disminuyó sus ataques de ansiedad, y poco a poco sus insomnios, que esta vez no eran de anhelar una compañía, sino de querer ver realizado algo con lo que fantaseaba desde hace mucho.

Después de un mes y medio, Ágata recibió respuesta de la universidad de diseño, admitiéndola como su nueva estudiante. En tres meses exactos debía partir a lo que sería su escenario perfecto. Con la carta de confirmación frente a sus ojos, Ágata cayó de espaldas al suelo riendo de pura alegría. Extendió su cuerpo completo en el parqué y agradeció eufórica al universo.

Nunca pensó que podía alcanzar ese estado de gloria estando sola.

Un mes exacto antes de partir, Ágata recibió una llamada de Ícaro que atendió con una natural emoción.

—Ícaro…

—Qué gusto escucharte, Ágata. Oye, no quiero que te asustes, no busco perturbarnos con mis sentimientos. Te hago esta llamada, en forma de agradecimiento, y para pedirte, por favor, que volvamos a ser amigos al menos. Te admiro mucho, y quisiera que siempre existiera entre nosotros un canal, una forma de conectarnos.

—Ícaro, soy tan feliz de escuchar esto —dijo Ágata, llenándose de paz.

—Qué alivio —dijo Ícaro riendo con discreción—. Bueno, ahora quiero saber de ti. Supe que dejaste El Nahual y ese día casi hago una fiesta.

—Sí Ícaro. Y prepárate, ¿estás sentado?, lo que estoy a punto de contarte puede tumbarte de la sorpresa…

—Sabes que soy difícil de sorprender.

—Lo sé, pero esto será suficiente…

Y hablaron por horas, haciéndole espacio a un nuevo ciclo entre ellos.

Una energía que permitía la admiración, de parte de Ágata a Ícaro, entendiendo el esfuerzo sobrehumano que tuvo que hacer para llamarla y aceptarla como su amiga amándola de forma diferente; y el respeto, de parte de Ícaro a Ágata, aceptando su decisión y agradeciendo su honestidad, su franqueza, y su temple para velar por su agrado propio, antes que el agrado de los demás.

OM

AGENDA PERSONAL "PASCUALINA" DE EVA MARTE

27 DE JULIO

Voy a hacer un espacio en los to-do list. Sé que no acostumbro a usar la Pascualina de diario personal, porque para mí ya es suficiente con las historias noveleras de la bruja, pero debo dejar constancia de algo que experimento for the first time.

Creo que me he enamorado a primera vista.

Bueno, tal vez ahora uso el término "enamorado" porque así creo que me siento, pero sé que se trata de una vulgar infatuación. Una infatuación a primera vista.

Relataré los hechos así me coma como tres páginas de esta agenda ¿A quién se le ocurre diseñar páginas tan cortas y llenas de adornitos en las que solo te caben tres palabras a lo mucho? Nadie sabe. No me quejaré más porque es el único lugar que tengo para escribir.

Ya estoy divagando.

Volviendo a la infatuación. Caminaba hoy muy tranquila por el centro comercial que está al lado de mi casa, acompañada de mi madre. Es extraño que vayamos ahí, porque a ambas nos repugna su olor a orine de gato. Todo el establecimiento huele así. A veces se hace insoportable. Es una lástima porque tienen tiendas bastante agradables… en fin, prosigo. Nos dirigíamos a la tienda holística a comprar inciensos de mandarina, los favoritos de mamita. Pasando la tienda de discos musicales, mi mirada se encontró directo con el que creo, es el padre de mis hijos.

I´m just kidding.

Era alto. Su cabello gris, como el lomo de un lobo, hacía juego con sus ojos, grises o azules, no estoy segura. Su cuerpo estaba repleto de tatuajes ancestrales, por lo que intuí que practicaba algún deporte del alma. Su nariz era grande, sobresaliente, al igual que sus labios. Un cuerno invertido le perforaba las fosas nasales. Esa fue la perforación que más me llamó la atención, aunque llegué a contarle cinco más.

¿Que cómo lo detallé tanto? Ok. Cuando él levantó su mirada, se encontró magnéticamente con la mía. No sé si por mi cabello afro, que debo decir que hoy se veía mejor que nunca, o por mis pantalones corte alto que me hacen una figura de infarto. No estoy segura. Lo que sí sé, es que en ese ínfimo momento, en el que por cierto olvidé a mamita por completo, nos vimos como reconociéndonos. De hecho, en mi cabeza o en mi pecho sentí mariposas.

Sentí mariposas hasta en mi vagina.

Me gustaría saber qué sintió él.

Él caminaba en dirección opuesta a nosotras, por eso el cruce de miradas fue más evidente.

Algo interrumpió mi contacto visual y me hizo cortocircuitos en la cabeza.

Escuché una voz conocida a lo lejos…

—¡Aquiles!

WHAT. Ok, espera, un momento…

Mamá, ¿DE DÓNDE LO CONOCES?

Esto tiene que ser un chiste. Mi mamá, acaba de pronunciar su nombre y además se alegra muchísimo de verlo. No entiendo cómo mi madre se enteró de la existencia del hombre de mis sueños primero que yo, pero eso sería algo que después discutiría con ella cuando pudiéramos proseguir con nuestro objetivo de comprar inciensos.

—¡CHAVELA!, qué felicidad verte.

Sabía el A.K.A de mi mamá. Esto era casi una locura porque el apodo de mi madre sólo lo conocen los más allegados.

¿CÓMO ESTE HOMBRE ES UN "MÁS ALLEGADO" Y YO NO SÉ NADA DE SU EXISTENCIA?

Todo esto me pasaba por la cabeza en cuestiones de segundos.

—Igual querido Aquiles. Creo que nunca habíamos tenido la oportunidad de presentarte a Eva, mi hija.

No, nunca nos habían presentado porque lo hubiese recordado.

—No, pero Eva, finalmente, es un placer.

Ok, algo extraño pasó. Esto no era normal, no puede ser normal. Apenas tocamos nuestras manos volvió a recorrerme el escalofrío en la cabeza, en el corazón y en la vagina. Él agachó su frente, haciendo una reverencia y pronunciando "Namasté". No me equivoqué. Hace prácticas de alma.

Le devolví el Namasté, sin recordar al momento qué era

lo que significaba.

Creo que él, con toda la situación, sintió algo similar, porque me miraba con cara de bobo. Una hermosa cara de bobo…

Ahora que pienso en su cara, me llega a la mente su voz. Estoy casi segura de que consume hierba, porque habla ralentizado. No me molesta.

—Al fin te conozco Aquiles, había escuchado hablar mucho de ti en casa.

Mentira Eva, jamás lo escuchaste, ni remotamente, pero querías hacerte la interesante.

Intercambiamos par de palabras de rutina hasta que pesqué una información que podía serme útil.

—Compren los inciensos en la tienda holística de mi mamá, la que queda pasando el restaurante italiano. Yo voy de salida, acabo de terminar mi turno.

BINGO.

Habilitaré un espacio en mi closet para todos los inciensos que voy a comprar, que es probable que nunca termine de usar. Pero no me importa.

—Bueno Aquiles, ha sido un placer verte. Con gusto compraremos el incienso en tu tienda —dijo mi mamá como leyéndome el pensamiento.

—Anoten mi número, por favor. Así les puedo avisar cuando llega el incienso de mandarina que es el primero que se acaba.

Oh sí, por favor, me interesa mucho tener tu número para hablar del incienso de mandarina.

—Y abracen a Bartolo de mi parte. Lo extraño y hace mucho que no lo veo.

—Con todo el gusto —replicó mi mamá.

Y sucedió lo que todos esperaban. Mientras nos alejábamos, a mitad de camino, volteamos la cabeza para volvernos a mirar. Al mismo tiempo. Con un movimiento fluido, como el del agua.

Apenas me volteé, interrogué a mi madre con preguntas. En especial, cómo Aquiles conocía a Bartolo, la pareja actual mamá.

—Es amigo de Bartolo de hace años. Lo quiere como un padre. Yo lo conocí una vez en una de las convenciones a las que asistimos el año pasado —respondió con naturalidad.

Tiene lógica. Bartolo dicta talleres de crecimiento espiritual. Yo jamás había ido por incrédula.

Le pregunté a mi mamá por qué nunca lo había mencionado, sabiendo que podría gustarme hasta la médula. Ella me respondió con un pensamiento muy atinado a la vibra energética-espiritual que estábamos experimentando.

—¿No crees que fue mejor conocerlo así?, como por cosas del universo.

Mamá una vez más tenía razón.

Ya me he comido diez páginas de la Pascualina. Sigue

siendo 27 de Julio, pero yo terminé esta historia parada en el 5 de agosto. Tendré que omitir las fechas en las listas de cosas pendientes.

¿Qué haré?, no lo sé. Esperaré a la semana que viene que se me termina el incienso de mandarina. Creo que moriré de alergia tragándome el humo de los inciensos tan rápido, pero vale la pena, ¿no?

10 DE AGOSTO

Querido diario, bla bla bla. Ya que comencé esta historia de infatuación por aquí, pues la sigo por aquí.

Voy a resumir lo que sucedió hoy porque no tengo mucho tiempo de escribir.

Logré acercarme a la tienda. No quiero inciensos porque aún me sobran, pero fui buscando aceites de aromaterapia, que no tengo idea de cómo se usan, pero ya le preguntaré a Bartolo o a mi mamá. De todo lo que vende una tienda holística, escogí comprar aceites porque también tienen un uso sexual. Bueno, en realidad no sé si esos de humificadores puedan usarse mientras follas, porque para eso existen los de sex shop que puedes comértelos y echártelos en el cuerpo. Whatever, la palabra aceite me genera una vibra sexual, y por eso fui a la tienda a comprar aceites. Punto.

Me arreglé bonita. Saqué una minifalda de jean y una camisa beige que hacía contraste con mi color de piel. Entré sin sostenerle la mirada. Hacerme la interesante me costó cantidad porque mi cuerpo me delataba. La energía de atracción se desprendía de mi piel destilando purpurina azul.

PURPURINA.

No pude destilar otra cosa que no hiciera tanto reguero.

Por donde caminaba, entre los anaqueles de vidrio, dejaba mi rastro azul de purpurina que Aquiles siguió con astucia.

—Eva, viniste. Pensé que me escribirías antes, ¿cómo estás? ¿puedo ayudarte con algo?

Se me ocurrió responderle que no le había escrito antes porque estaba muy ocupada.

OCUPADA VIENDO COMO REDACTARLE ESE MENSAJE.

Preferí pasar directo porque por ahora necesitaba ACEITES. La palabra aceites me sonó como una ofrenda de sexo, lo que hizo que me ruborizara porque no esperaba que sonara así, tan… erótico. Vale acotar que, en mi piel oscura, los rubores naturales me dejan las mejillas color rosa chicle, lo que hace que parezca la versión afroamericana de *Heidi*.

Vaya imagen tan ridícula. Las mejillas incendiadas y el cuerpo destilando purpurina.

HOLA SOY UN UNICORNIO ENAMORADO PRÉSTAME ATENCIÓN, GRACIAS.

Me doy pena.

—Aceites, ¿corporales o ambientales? ¿qué aroma

prefieres?

—¡CORPORALES! ¡DE LAVANDA!

Eva, Dios mío, estás gritando. Y ¿por qué corporales? ¿POR
QUÉ?

Aquiles asintió y se dirigió hacia el depósito en donde, a lo lejos, pude divisar que por torpeza, tumbaba tres cajas repletas de brazaletes rojos de esos que protegen del mal de ojo. Me reí por debajo. Llegué a pensar que estaba tan nervioso como yo. Recogió los brazaletes con prisa y salió cargando una cajita pequeña de color verde menta.

—Aceites. Uno de lavanda, otro de naranja y mi favorito, uno de peppermint. Son un intercambio. Una caja de tres aceites corporales por un café, mañana.

Sí, Pascualina, el chico que me gusta me invitó a salir. Mañana.

No contaré mi reacción porque genera vergüenza, pero quiero que sepas que mañana, 11 de agosto, tengo una cita con él.

Deséame suerte.

LA PASCUALINA MARCA 13 DE AGOSTO, PERO ES 11

Escribo esto un poco ebria. Me atesté de cervezas con Benjamín y Vicenza. Necesitaba procesar mi día de hoy.

Ayer en la noche, antes de dormir, recibí un mensaje de Aquiles citándome a las 11:00am en el parque central. Me pareció un lugar atípico para un café, pero por su naturaleza espiritualista, creí que quería tomarse el café agradeciéndole a los árboles y a la grama. Cosas de hippies.

Me vestí con una falda de mezclilla, zapatos *Converse*, una camiseta y una chaqueta de jean.

Al llegar a nuestro punto de encuentro, Aquiles había preparado todo para una sesión de yoga al aire libre.

Ya la cita olía a desastre.

En mi vida había hecho yoga, y con falda puesta, en vez de mostrarle una postura correcta, lo iba a entretener con el faralao de encaje de mi panty nueva.

Fuck my life.

Le advertí que no había llevado la ropa adecuada y que nunca había practicado yoga antes, pero él insistió que sería sencillo y ameno, y además sería una linda forma de comenzar el día. Que después de eso iríamos a por el café.

Colocó música de meditación desde su celular. Respiré y mentalmente hice un ejercicio de tranquilidad. Probar cosas nuevas, sin haberlo planificado, nunca ha sido mi especialidad.

Él comenzó a moverse con gracia en una serie de movimientos sencillos de estiramiento.

—Lo estás haciendo bien, Eva. Recuerda respirar. La respiración es muy importante.

Pero yo en vez de respirar, aguantaba el aire. Estaba en pánico. Aquiles acusó que llevaba falda y por suerte no hizo ningún levantamiento de pierna extraño donde yo pudiera revelarle mis secretos, y eso se lo agradecí.

Estuvimos cuarenta minutos exactos en la actividad. Los primeros diez minutos, para mí, fueron interminables, pero al rato, me descubrí disfrutándolo. Absorbí en buena onda su compañía. En momentos lo miraba con los ojos entreabiertos mientras él los mantenía cerrados.

Me gusta. De verdad me gusta.

No paraba de pensarlo.

Terminamos la sesión con Namasté, que ya sé lo que significa porque lo googleé. Pensé que después del yoga imprevisto iríamos a tomar café, pero no fue así. Aquiles me llevó a su apartamento con la excusa de que debía alimentar a su gato porque ya había pasado mucho tiempo solo. Una excusa tonta, pero más tonta fui yo que accedí, sabiendo que cuando te invitan a una casa, en la primera cita, no es para que alimentes al gato y te vayas. Es decir, tú puedes esperar abajo, mientras él lo surte de gatarina. Pero ese no fue mi caso.

Además, siendo honesta, desde hace rato le quería besar los labios y el cuerno invertido de la nariz, así que teminé subiendo.

Entramos a su departamento y él dispuso todo para hacerme sentir cómoda. Saludó al gato, un angora blanco precioso, y le sirvió de comer. Colocó algo de música. Lo primero que sonó fue *Ilegal de Cultura Profética*.

Very hippie for me.

Se sentó sobre la alfombra redonda que decoraba la mitad de la sala y me invitó a sentarme a su lado. Sacó rolling paper y un frasco con monte de un baúl cercano y se armó dos pitos con mucha rapidez. Prendimos y comenzamos a fumar. La segunda vez que botó el humo de su boca, se acercó a mi ceremoniosamente. Lo miré. Lo miré firme. Pensé que yo sería la primera en dar el paso. Él acercó sus ojos a mis mejillas y por un momento no entendí bien lo que intentaba hacer.

—Besos de mariposa —dijo agitando las pestañas sobre mis pómulos color rosa Heidi.

Besos de mariposa. Qué cursilería.

Subió sus ojos a la altura de los míos y fue instantáneo. Como cuando juntas dos imanes. Su boca se sentía suavecita, tan suavecita como la piel de un durazno. Me besó despacio, sin apurarse. Inhalaba del porro y me besaba. En un abrir y cerrar de ojos estábamos en su habitación y en otro abrir y cerrar de ojos estábamos teniendo sexo.

Sí Pascualina, ya sé lo que piensas, ¿cómo es posible que yo me haya enredado en las sábanas de este hombre en la primera cita? ¡Ya! Ya me di suficientes golpes de pecho pensando eso, me tomé siete cervezas analizando mi decisión, y junto a Benja y Vicenza concluimos que sí, se la puse fácil, pero QUÉ IMPORTA PASCUALINA, ¿quién dice cuándo es el tiempo exacto para sexualizar con una persona? Nadie, así que no voy a seguir cuestionándome.

El acto sexual fue astral. Como él.

Lo primero que planteó fue una práctica de sexo tántrico. Lo acompañó con un playlist de música de meditación. Debo confesar que fue bastante efectivo, porque el simple roce de sus manos en mi piel me proporcionó muchísimo placer. Una vez que nos adentramos en las técnicas sexuales convencionales, lo hicimos con coreografía. Resultaba como si hubiésemos sido sex partners toda la vida. Él tuvo tres orgasmos antes de su *grand finale* —otra práctica espiritual que propone que el hombre puede sentir orgasmos repetidos, sin necesidad de acabar en cada uno de ellos— y yo alcancé a correrme un par de veces. Mientras lo hicimos, reímos, sudamos, gemimos, gritamos y hasta cantamos.

Ahora, lo pintoresco está en lo que pasó después. Trataré de ser breve.

Al terminar, Aquiles se puso de pie desnudo haciéndome una exhibición VIP de sus tatuajes. Del closet pequeño de su cuarto sacó tres instrumentos rarísimos que en mi vida había visto. Me dijo el nombre de los tres, pero no los recuerdo. Sé que uno era como un bambú gigante, el otro como un wok volteado y el tercero como dos hojitas de árbol en forma de armónica. Comenzó a tocar el bambú invocando una especie de mantra.

Debo confesar que me sentí extraña, acostada desnuda como una venus, escuchando un concierto holístico en plena golden hour. Pero me gustó. Me hizo sentir como una diosa a la que hay que alabar.

Todo este momento endiosado se rompió un poco cuando Aquiles me invitó a tocar el bambú gigante.

Fuck, otra vez no, no quiero aprender algo nuevo, desvestida, en un cuarto que visito por primera vez.

Pero ahí estaba yo, tocando con torpeza el instrumento y escuchando un "Ommmmmmm" en dos notas diferentes que salían de su misma boca. De la boca de Aquiles.

Nuestras pieles comenzaron a iluminarse. Ambos empezamos a despedir purpurina dorada brillantísima. Tan brillante que encandilaba. Pensé que estábamos desbloqueando un nuevo nivel espiritual. Al menos yo. La luz de nuestros cuerpos era fuerte, espesa, palpable.

Aquiles de pronto dejó de cantar el Om y se dispuso a observarme y a enseñarme trucos para tocar el bambú.

—Te ves como una diosa indígena. Poderosa, hermosa.

No sabía cómo tomarlo, porque no todos los días tu crush se refiere a ti como "diosa indígena", pero me gustó.

Me sentí María Lionza.

Flui, como el agua. Y como el agua, volví a mi cauce.

Finalizamos junto a la hora dorada. Me despedí de él con un abrazo y me subí al ascensor al tiempo en que llamaba a Benja y Vicenza. Me emborraché de placer. Después de todo, hacer tantas cosas nuevas en un día, no fue tan descabellado.

28 DE AGOSTO

Disculpa Pascualina que haya abandonado el relato, estaba ocupada viviendo lo que creo que será mi próxima relación. Muy oportuna por cierto, porque me hacía falta.

Quiero decir, soy muy feliz conmigo misma, pero

ansiaba un compañero de aventuras.

Estos días juntos a Aquiles, a pesar de haber sido intermitentes, han sido sustanciales. Hemos conocido mucho de nosotros, y debo afirmar que es una de las personas más interesantes que se me han cruzado en mis escasos veintiún años. Me gusta lo que siento por él, porque es un deslumbramiento que tengo bajo control. Trato de no desbocarme para no exponerme muy voluble.

Hay momentos en los que me quedo absorta en su belleza y me derriten sus maneras y sus inventos. Pero se lo demuestro con cordura. Y creo que eso él lo agradece.

Hemos hecho el amor unas tres veces más después de nuestro primer encuentro. Ha sido igual de místico.

Anyway…

Te mantendré al tanto de lo que pase. Sea lo que sea, ya lo agradezco.

Namasté.

Nadie creería que ahora saludo y me despido con Namasté.

10 DE SEPTIEMBRE

No sé ni por qué estoy escribiendo esto. Imagino que porque aquí lo comencé y por ende aquí lo tengo que terminar.

Son las 2:46 de la madrugada, afuera llueve a cántaros, y yo estoy aquí, haciendo el papel de tonta más grande de mi vida.

No entiendes nada Pascualina, ¿verdad?

Qué raro me siento hablándole a un ser inexistente.

No, no entiendes. Pues te explico.

Hoy quedé con Aquiles en ir a la exposición del Museo Llovencia, para disfrutar la nueva colección de arte contemporáneo de una pila de noveles artistas plásticos expositores. Aquiles me recogió y llegamos en el momento exacto en el que baja un poco la muchedumbre. Nos tiramos tres horas en el museo deteniéndonos y debatiendo sobre cada expresión artística.

Salimos con hambre y buscamos el local más cercano de comida típica donde nos sirvieron, a él un asopado enorme de pescado, y a mí una arepa de maíz rellena de frijoles negros y queso blanco rallado. Bebimos cerveza, ideal para acompañar nuestros platos.

La noche parecía perfecta.

Comimos y hasta pedimos postre tomando en cuenta que estábamos a reventar.

Tocinillo del cielo. Nuestro favorito.

Qué tonta por Dios…

Fuck.

11 DE SEPTIEMBRE

Ayer no pude continuar con el relato debido al

emotional breakdown. Hoy sigo igual, capaz peor, pero sé que escribirlo me ayudará a hacer catarsis.

Al salir del restaurante, nos percatamos del aguacero. Corrimos hasta el estacionamiento y una vez dentro del carro tratamos de secarnos un poco la ropa mojada. Habían pasado diez minutos en los que Aquiles no había decidido echar a andar el auto.

Comenzó a hablarme. A alabar mis virtudes.

—Eva quiero que sepas que eres una de las mujeres más hermosas que he conocido en mi vida. Admiro mucho tu inteligencia y me encanta pasar tiempo contigo.

Con ese inicio, juré que lo que vendría sería una propuesta de matrimonio. Lo descarté al ver que estábamos en un estacionamiento.

—Me gustas, y a tu lado siento una paz espiritual inmensa.

Ok, ¿y entonces?

—Sin contar cuando hacemos el amor…

AL GRANO AQUILES.

—…pero no estoy preparado para establecer una relación en este momento. No lo siento en mi corazón y a nivel espiritual considero que debo aprender muchas más cosas…

¿De verdad?

—…prefiero ser honesto y que podamos mantener una

hermosa amistad. Eso para mi significaría mucho.

Directo a la friendzone.

—Te quiero, y eso no cambiará. Espero puedas comprenderme —dijo concluyendo su chaparrón de agua helada.

Supe fingir muy bien el hueco que tenía en la boca del estómago. Quise aparentar madurez y desentendimiento y le contesté con tranquilidad.

—Claro que sí, entiendo. No te preocupes, al contrario. Gracias por ser honesto conmigo.

Gracias por arrancarme las ilusiones.

—Gracias Eva. Eres la mejor —dijo besándome la mano.

El camino a casa se me hizo una eternidad. El ambiente era incómodo y no sabíamos qué tema de conversación sacar a la luz para amenizar el recorrido.

Al estacionarnos en la puerta de mi casa, todo se hizo aún más incómodo porque las despedidas, de por sí, siempre son un suplicio. Ahora imagínate, Pascua, una despedida post rompimiento.

—Gracias por comprenderme, una vez más. Te quiero bonito y para siempre, Eva.

—Tranquilo. Te quiero.

Me bajé del carro sin siquiera besarlo en la mejilla. No pude.

Ahora que lo pienso, honestamente le agradezco lo que hizo. Siempre he valorado la sinceridad. Pero me afecta, es inevitable. Sé que en una semana estaré bien y ya se me habrá olvidado, pero por ahora me afecta.

Había creído que podíamos ser mucho…

Anyway.

Ahora podré retomar tranquila los to-do list.

Seguiré muy de cerca tu novela, Pascualina.

Seguro tienes más suerte que yo.

PASCUALINA DEL AÑO SIGUIENTE

5 DE AGOSTO

Es gracioso, pero vuelvo a hacer un espacio en mi agenda diaria para contarte una historia, Pascualina.

¿Recuerdas a Aquiles? Te hablé de él el año pasado. Esta mañana recibí un mensaje en mi celular que decía:

"Eva querida, hace mucho tiempo que no te veo. Vamos a tomarnos un café, hoy a las 4:00pm".

Accedí, en realidad, porque estaba libre y porque me hacía curiosidad verlo y saber de él.

Cuando nos encontramos, nos regalamos un bonito abrazo. De su parte un poco más intenso, debo decir. Al instalarnos en el café, pasamos alrededor de una hora hablando de él y de su más reciente ruptura amorosa.

Qué curioso, no estaba preparado para el compromiso, pero se comprometió.

Lo pensé, sí. Pero también pensé que quizás en ese momento, yo no era la indicada. Traté de consolarlo en su lamento y de darle aliento aupándolo a que alzara la cabeza. Que un hombre como él podía conseguir a una persona increíble, que le correspondiera.

Al final de la conversa, Aquiles me propuso acompañarlo a su apartamento. Entendí su jugada en segundos, y aunque una parte de mi quería volverlo a besar, ya el impulso y la fascinación de antes, no existían.

—Gracias, Aquiles, pero debo volver a casa con mamá. Además, si te soy honesta, no tengo ánimos de limpiar tus lágrimas con una sesión de sexo tántrico. No quiero, no me nace. Espero puedas comprender.

Su cara me reveló su punto débil. Su talón.

No sabía manejar el rechazo.

—Descuida, Eva.

Nos levantamos al instante en que pagamos la cuenta y al salir por la puerta del café, nos dividimos.

Se sintió bien, Pascua. No lo hice en forma de venganza, pero se sintió bien.

Sabes, por fin entiendo por completo el significado del Namasté. Y quiero, en mi mente, dedicárselo a Aquiles, porque dentro de todo, a pesar de lo corto, fue bonito:

"Yo honro el lugar dentro de ti donde el universo entero reside. Yo honro el lugar dentro de ti de amor y luz, de verdad y paz. Cuando tú estás en ese lugar en ti, y yo estoy en ese lugar en mí, tú y yo somos uno solo".

GLORY BOX

—**P**rométeme que nunca vamos a cruzar la frontera — dijo ella terminando de pagar su desayuno en una cantina universitaria.

—Nunca —afirmó él—. Somos hermanos de vida. Soulmates.

A nadie nunca se le ocurriría romper un soulmate. Es como un horrocrux. Si lo rompes, te rompes.

A nadie nunca se le ocurriría.

Pandora y Eros compartían un vínculo que iba más allá del entendimiento humano. Ellos creían que en otras vidas habían compartido una hermandad profunda y arraigada, lo que hacía que en esta vida se conocieran a la perfección. Cada gesto y cada pensamiento les era predecible, incluso podían sentir lo que el otro sentía sin decir una palabra o sin necesidad de anticiparlo. Es un lazo indestructible que se siente como una costura en el corazón, algo de lo que no puedes desprenderte y de lo cual te sientes atado de por vida sin tener que albergar algún sentimiento fuerte. Porque en sí, el lazo no es un sentimiento como tal. Es un lazo. Un lazo que muta con los días y que camaleónicamente va tomando el color de lo que tenga ante sus ojos, desde el odio más profundo, hasta el amor verdadero pasando por la indiferencia máxima. Sólo las Moiras podrían romper un lazo así… o tejerlo.

Pandora poseía una belleza extraña. Era alargada y un poco encorvada, cosa que trataba de mejorar por años. Una guirnalda de pecas le adornaba la cara acompañadas de dos ojos redondos color pardo. Su cabellera castaña comenzaba lisa y terminaba en rizos. Le combinaba perfecto con los ojos.

Pandora siempre llevaba los labios pintados de rojo. Amaba besar. Ella no comprendía el poder de su extrañez, pero estaba consciente de ello. Pandora era coleccionista de momentos. Odiaba la uniformidad.

Eros siempre hizo honor de su nombre. Tenía un aura de deidad. Parsimonioso y taciturno, albergaba más misterios detrás de su mirar, que verdades detrás de su boca. Sus ojos, de un color no reconocido por el ser humano, eran como dos balas de fuego que iban agujereando todo a su alrededor. Avivaban las oscuridades y removían las incertidumbres, como el poder de un Dios. Pandora bautizó el color como *"Dagot"*, una palabra que se había inventado para etiquetar algo que para ella era el más reciente descubrimiento de la anatomía humana.

Ojos color dagot.

Ambos compartían afanes, en especial el afán por el amor. Llevaban un listado detallado de todos sus intentos y discutían los aciertos y desaciertos decantando siempre en lo mismo: *"there´s something about us that doesn´t fit"*.

Piezas rotas de rompecabezas.

—Me cansa estar sola. Al final del día así me siento, sola —dijo Pandora con la boca llena de pan dulce y con restos de azúcar alrededor.

—Tienes la boca llena de azúcar. Toma —dijo Eros alcanzándole una servilleta—, debes dejar de comer por gula. Has engordado ya dos kilos en las últimas semanas. Recuerda tu problema con la glucosa.

—It´s filling my holes —afirmó Pandora esbozando una

sonrisa discreta.

—Your belly.

—¿Ya? —preguntó Pandora habiéndose sacudido los labios.

—Ya.

Pausa.

Eros reaccionó de un trance. Por primera vez en años había detallado los labios de Pandora. Las balas color dagot grabaron cada línea a la perfección. Jamás había visto labios tan preciosos. En pocos segundos había recorrido con su mirada el espacio entre la boca y el mentón consiguiendo aún rastros de azúcar y un color rojo gastado de algún lipstick que Pandora habría comprado en una oferta. En ese ínfimo instante se llenó de nostalgia y a su mente, con la rapidez de una estrella fugaz, le vino la imagen de un beso. Era la primera vez que quería besar a Pandora. Su corazón comenzó a latir tan deprisa que hizo un esfuerzo indescriptible por contener la respiración mientras —todo esto sucediendo en fracciones de segundos— pensaba: *ella no. Ella no puede ser.* Pero su corazón habló más rápido que su cerebro y con dificultad balbuceó:

—Deberíamos besarnos.

Pausa.

—Vamos a besarnos para mejorar nuestra técnica. Quizás estamos solos porque no sabemos besar.

Pausa.

Pandora digería con fuerza la última hogaza de pan y la última palabra de Eros. Se incorporó. Recordó erguirse. Hubo un silencio de segundos. Las balas seguían ahí, acechantes. En esta oportunidad, Pandora no estaba preparada para mirarlo. Nunca había estado tan intimidada de mirarlo. A su lado sentía una energía fiera. Como si algún animal leonino y carnívoro hubiese tomado el control de la situación y estuviera ahí, esperando para recoger su presa.

—Está bajo nuestras prohibiciones —musitó Pandora.

—Discúlpame, tienes razón —dijo Eros—, *tú eres sagrada.*

LA OFERTA

Pasaron semanas desde la oferta del beso prohibido. Eros y Pandora habían decidido hacer a un lado la pared de vergüenza y siguieron viéndose como de costumbre, recurriendo al trato de hermanos para enterrar aún más el recuerdo de la proposición anti sagrada. Su racha de criaturas desafortunadas en el amor los seguía a donde fueran, y la soledad se hizo cada vez más y más pesada.

Eros callaba, pero Pandora no podía olvidar.

—Tengo licor en casa… y sodas, para ti. Ven hoy, hay luna llena —propuso Eros como despertando a su fiera con la perfecta redondez de la luna.

Pandora y Eros tenían el bonito ritual de sentarse en el balcón a ver la luna llena por horas. Comían, bebían, hablaban e inhalaban una especie de droga que hacía que la luna se viera tan cerca de ellos que sentían que podían tocarla con sus dedos. Era una droga rara que Pandora consiguió en uno de sus viajes y que usaban los chamanes indígenas para conectarse con sus ancestros. Cada vez les quedaba menos, por eso solo la utilizaban en luna llena.

Eros vivía en una casa con nombre de fruta. Pandora amaba visitarlo en luna llena y los domingos, después de su hora con Dios. Ese día no fue la excepción.

Pandora arribó puntual. Se quitó los zapatos al entrar a la casa y soltó su cabello larguísimo sujetado con tres *Bobby Pins*. Inhaló el habitual olor a limón de la vela aromática de la sala y se sentó frente al balcón. La luna estaba comenzando a aparecer. Servido estaba el licor, la soda de uva, el brócoli y una pasta recalentada que Eros había preparado con antelación. En una vasija pequeña se encontraba el extraño narcótico de efecto místico y a su lado varias hojas blancas y diferentes lápices con los que Eros dibujaría la inmensidad de la luna.

La luna comenzó a aparecer de una forma particular. Era de un color amarillo ocre y estaba rodeada de nubes negras con una forma perfecta y un delineado color plateado que estaba hecho como por una varita mágica. La luna comenzó a aproximarse a la tierra a un punto histórico, en el que sus bordes rozaban la gran montaña y sus Araguaneyes. Estando tan cerca, desprendió una luz de un color que se asemejaba al dagot. Al reflejarse en los ojos de Eros, estalló una chispa incandescente de una hermosura inhumana.

—Tus ojos —dijo Pandora—. No he probado la droga Eros.

—La luna bajó para nosotros hoy Pandora.

—Es obra de Dios.

—No estamos solos.

El cuadro visto desde afuera era inestimable. Pandora sintió en repetidas ocasiones la necesidad de llorar. Estaba conmovida por la profundidad del alma, no solo de Eros, sino de la luna, la montaña, el viento, las nubes negras y plateadas… estaba coleccionando ese momento. Un momento que atesoraría consigo para siempre, como la suma de muchos momentos hermosos. Incluso después del viaje espiritual al que se sometería más adelante, y de la ruptura corporal inminente que los sucedería, Pandora guardaría la grandeza de la luna en ese espacio y como brotaban chispas de los ojos de Eros, cuando Dios les afirmó su compañía y cuando por fin, después de tanto tiempo, sus hoyos estaban llenos, de paz.

EL PORQUÉ DEL GLORY BOX

Los días siguientes al día de la luna llegaron con una calma angustiosa. Algo había cambiado en Pandora y Eros. Sus encuentros no tenían el mismo aire de tranquilidad, sino todo lo contrario, emitían un desespero teñido de lujuria. Ya la oferta de un beso se transformaba en sus cabezas convirtiéndose en una oferta de totalidad. Romper el soulmate, volverlo bodiemate. A nadie nunca se le habría ocurrido romper un soulmate, pero la luna lanzó sobre ellos un hechizo de provocación que empañó sus ojos. Respiraban con fuerza estando uno cerca del otro. Hablaban las bestias, no los humanos.

Un domingo, después de la hora de Dios, Pandora visitó a Eros. Recién había pintado su cabello de negro. Lucía diferente, con una estela gitana oscurísima. Llevaba los ojos delineados, tanto en el párpado superior como en el inferior. Ese día no se pintó los labios.

Eros bajó a recogerla. Se pararon frente al ascensor sin emitir ni un sonido. Eros en el fondo deseaba que el ascensor estuviese vacío. Dejó unos brócolis calentándose y su speaker reproducía *Glory Box de Portishead* a todo volumen.

El ascensor tardó en llegar. Mientras esperaban, Pandora y Eros transpiraban una sustancia rarísima con un olor muy dulce que impregnó el pasillo. El corazón de Pandora latía con tanta fuerza que hacía que le doliera el pecho.

El ascensor se abrió frente a ellos, vacío.

Al entrar, como un león salvaje cazando a un venado, Eros empujó a Pandora a la esquina del ascensor y comenzó a besarla con un éxtasis desmedido. Pandora casi se atraganta con su corazón y la lengua de Eros, sin embargo, le respondió el beso con tanta fuerza que por momentos pensaba que lo iba a ahogar —y en algunas ocasiones se juzgó pensando que por eso estaba sola, porque besaba con agresividad y podía matar a la gente—. Eros reaccionó con la misma fuerza y con todo el aliento que su cuerpo grande podía darle. En menos de un minuto de recorrido en el ascensor, besaron sus ojos, sus pestañas, sus lenguas, sus cuellos, sus manos y sus narices.

Para Eros, Pandora sabía a frambuesas y para Pandora, Eros sabía a arándanos, dos frutos del bosque.

Al abrirse el elevador, continuaron besándose hasta entrar a la casa, donde la canción estaba a punto de terminar y los brócolis estaban ya pasándose de cocción. Eros no podía dejar de besarla. Por primera vez en su vida, su fuego interno se desprendió por completo y entendió porqué Pandora era tan sagrada. En un movimiento escondido, se limpió una lágrima mientras Pandora le apoyaba la frente en su barbilla. Estaba conmovido. Creyó besar a un ángel.

—Basta, Eros —dijo Pandora temblando— no se puede, me estoy quebrando en pedazos. Me falta el aire y siento que en cualquier momento mi corazón se va a detener. No creo que pueda resistirlo.

—Yo tampoco Pandora —pausa—, pero creo que hoy puedo morir así.

Volvió a besarla mucho más suave. Esta vez, mientras la besaba, caían pedazos de ambos al suelo frío. Se rompieron por completo. Se quebraron como un cristal frágil y sentido cuando lo estrellas contra una pared. El lazo cosido al corazón se volvió en forma de amor. Un amor destinado al fracaso, ya roto, sin piso y sin raíces, un amor que no tenía sostén, un amor que se alimentaba de aire, un aire que a su vez estaba contaminado, un aire sin norte.

Un amor que por un momento les hizo sentir que pertenecían a algún lugar.

PANDORA´S GLORY BOX IS OPEN

El beso fue el fruto prohibido, lo que desencadenó lo mundano del universo y la debilidad del ser humano de caer en la tentación. El beso no solo los rompió, sino que también partió la historia de Eros y Pandora en antes y después. La desesperación de sus encuentros y lo intensa de su pasión los rompía cada vez más y más. Pero Eros no podía vivir sin Pandora, y Pandora… Pandora creyó poder vivir sin Eros.

El después, no es lo que esperamos de un lindo final. No es la típica historia donde viven felices para siempre, se casan, tienen hijos, se hacen abuelos y mueren al mismo tiempo porque no pueden vivir el uno sin el otro. No.

Una tarde de jueves, un día de encuentro inusual, la luna estaba en cuarto creciente y había una neblina tremenda que dificultaba la visión. Pandora llegó a casa de Eros con diez minutos de retraso y el cabello empapado de la humedad el cual tuvo que exprimir bien en la alfombra de la entrada para no mojar el interior de la casa. Por primera vez la casa de Eros no olía a limón. Pandora dejó sus cosas en la sala y se adentró al cuarto de Eros extrañada de que este no la hubiese recibido.

Eros se encontraba en la esquina de la cama fijando su vista hacia la nada con el cuerpo y la cara descompuestos.

Había estado llorando.

Sus ojos ya no tenían la potencia de dos balas y el color se opacó hasta verse aceitunado y amarillento. Pandora se derribó frente a él. Cogió su rostro entre sus manos y con los ojos cubiertos de lágrimas le dijo:

—Dios no nos quiere juntos. Tendremos que vivir con eso para siempre. En mi corazón hay un hueco enorme porque no terminamos de anclarnos. Permanecemos en las sombras y en las sobras y pocas veces nos tomamos de manos en la calle. No estamos destinados a ser, por más que queramos. Cada vez que nos besamos, una parte de mi vida se va contigo y no sé cuándo va a volver. Te amo. Con cada latido de mi corazón te amo. Hice lo que pude para amarte eternamente, pero nos confundimos creyendo que era un amor posible. Y no lo es.

Pandora se limpió la cara y la nariz que le moqueaba de tanto llorar.

—Siempre vas a ser mi vínculo más profundo…

Respiró con dificultad tratando de contener el dolor por la puntada que le atravesaba el pecho.

—Siempre me acordaré de tu mirar —dijo afligida, como despidiéndose.

Habiendo finalizado, Pandora salió de su habitación y de la casa sabiendo que sería la última vez que la visitaría. Se colocó sus zapatos, amarró su cabello y partió descolocada.

En el camino a coger el bus de la cuadra, Pandora se desplomó en el piso muriendo en el acto.

Sufrió un ataque cardíaco que acabó con su vida en menos de un minuto. Vecinos de la zona se acercaban a ella quien estaba rodeada de una extraña florecilla blanca que caía de un frondoso árbol que le hacía sombra. Con la premura de presenciar una muerte, trataron de auxiliarla y de darle respiración para intentar reanimarla. Uno de los hombres voluntarios cogió el teléfono para llamar al contacto más inmediato que pudiera hacerse cargo del cuerpo de Pandora.

Eros nunca contestó.

EL DÍA EN QUE EL NARCO ME BENDIJO
INTERLUDIO

Por el ventanal entraba una luz enceguecedora. En la mesa quedaban restos de fideos chinos en su presentación de cajita. Una de las cajitas estaba vacía, la otra estaba por la mitad. El sol abrillantaba las cincuenta plantas que adornaban la casa y avivaba el mimbre de los muebles de la sala. Dionisio y Malvina permanecían en el mueble más grande digiriendo el almuerzo. Dionisio, como de costumbre, estaba bajo el efecto de alguna droga que Malvina intuyó era hierba. Dionisio olía a hierbas y alcohol la mayoría del tiempo. Su sabor era agrio y salado, como el agua de mar.

Malvina por lo general vestía de animal print, asunto que iba perfecto con su cabello color fuego. Ese día Malvina decidió ponerse leggins de leopardo que combinó con una blusa suelta de poliéster color negra. Malvina detestaba el poliéster porque le producía mal olor en las axilas y solo usaba prendas de ese material cuando sabía que estaría sola durante la jornada.

Ese martes, Dionisio en un intento de secuestro inofensivo, se llevó a Malvina prometiéndole que volvería a su casa antes de las nueve de la noche, cosa que a Malvina no le hizo nada de gracia porque odiaba los imprevistos.

—Escucha esto Vina —dijo Dionisio al tiempo que colocaba en el reproductor de su laptop *The Ego de Nicolas Jaar*.

—That´s sexy and spooky at the same time —afirmó Malvina.

—Suena como cuando lo hacemos.

—No comiences. Hoy no estoy de ánimos. Permíteme disfrutar de la comida china sin quererla vomitar a los tres minutos —dijo Malvina.

El rechazo de Malvina se debía, además de su miedo al poliéster, a que no había depilado su vello púbico en meses y en ese momento, a su parecer, no estaba del todo presentable para recibir visitas en su casa de abajo.

—No me rechaces, por favor. Hoy estás más hermosa que nunca. Tu pelo, tus labios... —dijo Dionisio restregándole los dedos por la boca— permíteme solo besarte.

Malvina reaccionaba como por inercia manteniendo en su mente el único propósito de no dejarlo sumergirse en el arbusto frondoso. Mientras lo besaba con desdén, sentía lo salado de sus labios apretarse contra su boca, y el olor a hierba comenzó a marearla al punto de creer que también estaba drogada.

La luz del sol, el exceso de comida, la música, el mimbre, la hierba y el sudor, comenzaron a hacer efecto en Malvina dopándola por completo. Cada movimiento iba en cámara lenta ante sus ojos, tenía la visión nublada y sus oídos escuchaban la música de Nicolas Jaar con más distorsión que la habitual. La piel de Malvina comenzó a erizarse de sensibilidad, una sensibilidad que le provocaba el roce de los labios de Dionisio por su abdomen desnudo.

Malvina se había deshecho de la blusa de poliéster.

En su sopor y con lo poco que le quedaba de consciencia plena, Malvina chequeó el olor de sus axilas y se alivió al sentir la estela de olor a talco del desodorante nuevo que se puso antes de salir de casa.

Dionisio por su parte, estaba viviendo la fantasía desde la fantasía. No amaba a Malvina. No quería pertenecer a Malvina. En su lista de centenares, Malvina solo era un aperitivo. Pero él agradecía el aperitivo.

Había algo en Malvina que lo desarmaba. Él lo sabía.

O al menos su miembro lo sabía.

SUENA 'MI MUJER' DE NICOLAS JAAR

Dionisio embelesado por el hechizo corporal de Malvina comienza a quitarle los leggins de leopardo con extrema agilidad para evitar el movimiento en contra. Malvina acusa que ya Dionisio está frente a su panty y que quizá, a estas alturas del asunto, habría visto los vellos que se asoman y los que hacen bulto, así que solo estaba esperando el gesto de incomodidad de Dionisio para así por fin poder vestirse e irse.

Pero Dionisio reaccionó de forma contraria.

Desabrochó su pantalón lo más rápido que pudo e hizo una especie de ceremonia de intro para honrar a la Santa Vagina que tenía frente a sus ojos. Una vez dentro de Malvina, la mente de Dionisio visitó tres lugares.

El primero de ellos fue su casa frente a la playa. Recordó cuando tenía siete años y ayudaba a su padre a encaminar a las tortugas al mar. El soplar de las olas en su cara y el pequeño radio de la vecina que reproducía canciones tristísimas, que con el mar de fondo, parecían una poesía de Neruda. Dionisio fue un niño otra vez.

El segundo lugar era una pequeña iglesia que se encontraba en una colina. Dionisio la visitaba los días en que quería limpiar sus pocos pecados, antes de que estos fueran tan numerosos que Dios no los alcanzase a limpiar todos. El olor de las velas y del agua bendita le hacían pensar a Dionisio que estaba borrando como por arte sagrado el mal de su cuerpo, y que después de eso no había nada que pudiera contra su santidad. Dionisio fue santo otra vez.

El tercer lugar fue la discoteca nueva que había visitado hace dos semanas. Recordó ese sitio porque a mitad de noche, y ante sus ojos, el techo del recinto se abrió de par en par revelando las estrellas en el firmamento, en su entereza, y en su más inmensa belleza. Dionisio, en medio de la multitud, levantó su rostro hacia el cielo y cerró sus ojos. Sobre su cara se reflejaban los colores de las luces de neón, lo que hacía que la tez se le pintara haciéndole parecer un cuadro de alguna obra de arte contemporánea. En medio de la gente dispersa y alcoholizada, en ese momento de cielo, Dionisio lloró. Lloró de amor y desesperación. La desesperación de saber que su vida se podría apagar en cualquier instante. Dionisio fue humano otra vez.

Malvina se mantuvo en la misma posición desde que comenzaron el acto sexual. De hecho, Malvina permanecía sin moverse, viendo el éxtasis proveniente de Dionisio. En el punto más álgido del movimiento, Dionisio se aproximaba a su glorioso final, y teniendo tantos lugares en su mente y en su cuerpo, temblando después de haberse vuelto y recompuesto por primera vez en tanto tiempo, Dionisio bautizó su orgasmo agradeciendo el lugar sagrado de donde provenía:

—*Bendita seas, Malvina.*

Y con un beso cansado, se dio por terminada la beatificación.

Malvina abandonó sigilosa la casa de Dionisio ya que después de santificarla, cayó dormido a los pocos minutos.

Malvina pasó todo el camino de regreso a su departamento pensando en la afirmación que Dionisio había hecho sobre ella. A lo largo de su vida sexual, la habían halagado de muchas formas, pero sin duda el que Dionisio la bendijera, no tenía ningún precedente. Le pareció curioso que la mejor frase que le hayan dicho consumando el acto sexual proviniera de la persona con la que menos se vinculaba de forma espiritual.

Le sacó una sonrisa de picardía.

Sabía que lo iba a recordar de por vida.

QUE BRILLE PARA ÉL LA LUZ PERPETUA

"Vina, llámame en cuanto puedas. Es urgente".

Malvina leyó el mensaje con rapidez ya que en ese momento se encontraba en una importante reunión en la empresa de publicidad para la que trabajaba.

"Se trata de Dionisio".

La remitente era Colette, su mejor amiga.

Malvina no podía abandonar su reunión por lo que omitió el mensaje y decidió llamarla al terminar. Trató de convencerse de que no se trataba de nada grave, pero la urgencia de su amiga despertó sus dudas.

A las 6:00pm, dos horas después del mensaje de Colette, Malvina abandonó la oficina y levantó su teléfono.

—Vina, encontraron muerto a Dionisio esta mañana.

Malvina cayó sentada en las escaleras del edificio, mareada. La noticia le disparó un dolor de cabeza que le punzaba en el ojo izquierdo.

—Pero ¿cómo?... —Malvina no lograba articular palabra.

—La deuda que tenía con el cartel Malvina. —Colette lloraba.

Colette fue el link entre Malvina y Dionisio. Dionisio era cercano a Colette desde la secundaria.

—Colette, no entiendo —musitó Malvina.

Siempre intuyó la vida de narcotraficante de Dionisio, pero no logró afirmarlo hasta este momento.

—Dionisio estaba en el negocio del Polvo de Ángel Malvina, pero tenía una deuda enorme y muchas amenazas encima.

—¿Por qué nunca le advertiste que algo así podría pasar?

—Porque no sabía hasta qué punto estaba metido Malvina. No tenía ni idea —contestó Colette con un dejo de molestia.

—Perdóname, tienes razón. Sé que lo habrías ayudado.

—Lo velarán en dos días en la capilla cerca de la Plaza

Municipal.

Malvina sufrió de nuevo un pequeño shock. El asunto del velatorio le hizo pensar que Dionisio ya no existía, y esto le afectó profundamente.

—Me duele mucho esto, Colette.

—Ni lo menciones. No he hecho más que llorar.

—Hablamos luego. Nos vemos en el funeral —dijo Malvina colgando la llamada. Permanecía en las escaleras, inmóvil. El estado de negación le impidió llorar en ese momento.

Malvina volvió a su casa desconcertada. Después de todo, apreciaba a Dionisio.

Jamás se imaginó que tendría un final así, tan abrupto.

Tan truculento.

LA ESCENA DEL CRIMEN

A las diez de la mañana, Dionisio se levantó sobresaltado por un sueño en el que perdía todos sus dientes inferiores frente a un lavabo, que a su vez, quedaba manchado de sangre. El sueño lo incomodó porque recordó las advertencias de su abuela. Ella decía que después de un sueño en el que se caen los dientes, viene una muerte. Dionisio no era supersticioso, pero cada vez que alguien en su familia soñaba con la perdida dental, se enteraban de algún fallecimiento.

El sueño encendió sus alarmas, porque en el fondo sentía que la muerte lo rondaba. Desde hacía tres años, se topaba en oportunidades con un espectro de color gris plomo y de aspecto demacrado que lo observaba acechante. Dionisio creyó que se trataba de algún hechizo que habían desatado sobre él, pero los expertos le indicaron que no era más que la propia muerte visitándolo para llevárselo en cualquier momento. Dionisio pensó que todo lo que le decían eran bufonerías y en una oportunidad volvió a la iglesia de la colina en la búsqueda de Dios, pero no hizo más que encontrarse con el espectro de nuevo, que esta vez lo saludaba junto a la cruz enorme que decoraba el centro del recinto.

Durante tres años, Dionisio vivió omitiendo esta presencia. De hecho, concluyó que se trataba de una alucinación producto de las drogas.

Hasta ese día.

El día en que soñó que perdía los dientes.

Dionisio miró cada rincón de su casa esperando encontrarse con la aparición, pero esta brilló por su ausencia.

Trató de calmarse fumando un porro enorme de marihuana índica. Al rato consiguió distraer su mente regando sus cincuenta plantas, y al finalizar, se sentó frente a su laptop a sacar cuentas de sus más recientes negocios.

A las siete de la noche, Dionisio escuchó que tocaban a su puerta. No esperaba a nadie, pero intuyó que se trataba de su hermano, o su mejor amigo. Al abrir, sus ojos se encontraron con tres personas que vestían de ocre. Uno de ellos sacó con agilidad una jeringa que clavó en el cuello de Dionisio. La jeringa estaba llena de Compuesto 1080, o fluoroacetato de sodio, un sustrato letal que actúa en el cuerpo a los pocos minutos. Dionisio cayó de espaldas al suelo, del miedo y la impresión, mientras veía como los tres seres se retiraban con tranquilidad cerrando la puerta del departamento.

Dionisio comenzó a experimentar los síntomas a medida que avanzaban los minutos. Seguía en el piso postrado por las náuseas y una fuerte taquicardia que le explotaba el pecho.

Volvió a pensar en su sueño y en el espectro gris, quien esta vez aparecía ante sus ojos pero luciendo diferente. El color había mutado. Quedaban vestigios del gris, pero ahora predominaba el amarillo. No se veía espeluznante. De hecho, su rostro había adquirido la forma de una hermosa mujer, como una ninfa, que lo llamaba por su nombre y lo acunaba con sus brazos.

Dionisio respiró con tranquilidad por última vez, y cerró sus ojos para por fin, dar paso a la muerte.

BENDITO SEAS, DIONISIO

Malvina y Colette compartían un cigarrillo afuera de la capilla del velorio. Ambas vestían de negro. Malvina con un suéter cuello de tortuga y pantalones de tela de pana. Colette llevaba un vestido largo con un cárdigan por encima. Tenía los ojos hinchados de tanto llorar.

—Dicen que cuando lo encontraron, tenía una expresión en el rostro como de paz —dijo Colette al tiempo en que volvía a aspirar su cigarro de menta.

—Creo que él intuía que su fin estaba cerca. Dicen que eso suele pasar, que cuando estás pronto a morirte, tu alma y tu cuerpo lo anticipan de forma involuntaria. No lo sé, a lo mejor Dionisio vivía un calvario y en el fondo esperaba la muerte para poder descansar.

—¿Tú crees? —dijo Colette

—Bueno, llevar una vida de narco no es darse un paseo por *Disneyland* —afirmó Malvina.

—Sí… y pensar que era tan bueno para los negocios. Pudo haber sido un gran empresario.

Ambas lanzaron un suspiro de melancolía.

Colette terminó de fumar y volvió dentro de la capilla. Malvina permaneció afuera sentada en un banco. El día estaba precioso, el sol brillaba despejado y miles de guacamayas sobrevolaban los aires pintando el cielo con sus colores. Malvina de repente comenzó a percibir un olor a salitre, como el de las playas y las costas. Era extraño, porque no se encontraba en una zona playera. El olor a agua de mar, a arena y a humedad se le incrustó en la nariz trayéndole miles de recuerdos a la mente.

—Estoy en una playa, Vina.

¡¿QUÉ?!

Malvina volteó su mirada encontrándose nada más y nada menos con Dionisio, o lo que parecía ser Dionisio. Malvina ahogó un grito y abrió sus ojos al punto de casi hacerlos saltar.

—¿Esto es producto de mi imaginación?

—No Vina. Soy yo. O mi alma, o la estela de mi recuerdo. Gracias por venir a mi velatorio.

—No hay de qué —contestó Malvina temblando de la impresión.

—Estoy en la playa Malvina. Liberando tortuguitas otra vez. Las olas aquí no golpean tan fuerte y la profundidad del mar es moderada. La temperatura es perfecta y en cierto momento del día las gaviotas y los peces nos regalan un espectáculo. Me siento libre Malvi.

Malvina sonrió y lo miró conmovida.

Nunca había visto a Dionisio en ese estado. Se le habían borrado las ojeras, la piel se le veía tersa, sin una mancha. Miraba fijamente y no con los ojos desorbitados.

Olía a playa, no a drogas y alcohol.

—Vete de aquí, Vina. Cámbiate la ropa negra y déjate el cabello suelto. Ten la certeza que estoy en paz.

—Eso haré Dionisio.

—Gracias. Una última cosa, ¿podrías visitar la iglesia de la colina? Quisiera que colocaras una velita amarilla junto a la mesita de ofrendas. No caigas en la cursilería de colocar mi foto o mi nombre porque Dios sabe que se trata de mí.

—Está bien. Lo haré. Puedo preguntar ¿cuál es la finalidad?

—Me siento un santo. Siento que al fin me alivié del peso de mis pecados —dijo Dionisio.

—Bendito seas, entonces.

—Bendita seas, una vez más, Vina.

Malvina se sorprendió al ver que Dionisio recordaba ese momento, esa bendición.

Dionisio se evaporó dejando la estela de un fino polvillo dorado. Malvina fumó otro cigarrillo para procesar lo vivido, y al terminar, pisando la colilla con fuerza contra el cemento, se levantó dispuesta a cambiarse de ropa, y a emprender su viaje hacia la iglesia de la colina en un profundo y bonito gesto de concordia y armonía, con el alma del universo, el alma de Dionisio, y la suya propia.

VIDEO GAMES

El reloj marcaba las 3:00am de un naciente martes. El televisor de fondo trasmitía los capítulos repetidos de una caricatura que tenía como premisa que unas gemas preciosas salvaran al planeta tierra de una invasión extraterrestre. El clima estaba fresco, más frío que caliente, y por las rendijas de la casa de cemento se colaba un sereno violento que hubiese enfermado a cualquiera de una gripe. La arquitectura de la casa era humilde, pero el interior era todo un paraíso para Eurídice, quien siempre afirmaba que ese rústico lugar era su favorito en el mundo.

Esa madrugada Eurídice se encontraba nadando en el idilio en el que había caído con Orfeo en tan solo unas horas, y a pesar de que el sueño la vencía, el chat telefónico, los voice notes eternos, y la poesía de Orfeo la mantenían despierta. Hacía mucho tiempo que Eurídice no era víctima de la poesía. Trataba de evitarla porque siempre tuvo el pensamiento de que le generaba altas expectativas de vida y eso a sus ojos era una especie de karma.

Todos los amantes de la poesía, por naturaleza, están pagando un karma.

Esa madrugada Orfeo alcanzó todas las expectativas de Eurídice. Hablaron de cosas extrañísimas como lo infinito del universo, lo pequeño del ser humano, el nacimiento de las estrellas y la vida en otros planetas. Orfeo, entonó un par de melodías para Eurídice con una voz gastada de cansancio y ciertas notas desafinadas que brotaban de una guitarra de cuerdas deterioradas. Eurídice oía adormecida lo que parecía ser el coro de *Wedding Song de Anais Mitchell* en la voz de Orfeo. Endulzada por lo que escuchaba, Eurídice durmió con una sonrisa en la cara hasta las 11:11am del día siguiente, donde se levantó por un zumbido insistente de su teléfono.

"No quise desvelarte. Yo tampoco pretendía tener ojeras enormes el día de hoy. Pero valió la pena. Me reconforta saber que al menos mi voz es un buen somnífero".

Eurídice leyó el mensaje de Orfeo unas cuatro veces antes de darse cuenta de que la poesía la había llevado al mismo lugar etéreo de siempre, donde sentía que volaba y no andaba. Reprochó su intensidad. Se sacó las lagañas de sus ojos. Fue al baño, cepilló sus dientes. Comió un bowl enorme de galletas de soda con café con leche y después de unos 40 minutos le respondió a Orfeo lo que sería su sentencia de enamoramiento.

"Veámonos en una hora, en el andén del tren que pasa justo a las 12:55pm con dirección Oeste". Y se dispuso a vestirse con sus ropas favoritas.

Eurídice llevaba un vestido largo de flores rosa pálido que combinaba perfecto con sus botas favoritas, desaliñadas y roídas, de color beige. Su cabello marrón oscuro combinaba con su maquillaje, que al igual que su vestido, era color rosa, lo que hacía que sus ojos verdes enormes se vieran aún más grandes y llamativos. Se perfumó con una esencia suave y volvió a lavar sus dientes para evitar el olor del café. Salió de su casa con algo de prisa para poder alcanzar el tren a la hora pautada.

Orfeo en cambio, no alteró su rutina. 30 minutos antes apagaba su consola de video juegos y se disponía a vestirse con el blue jean roto que venía usando desde hace tres días. Agarró una franela blanca simple que acompañó con una camisa a cuadros y un gorro tejido que le ocultaba la espesa cabellera negra azabache. Limpió sus lentes, chequeó su aliento, se colocó el perfume que le había robado a su roomate y salió dando tumbos desesperado por su tardanza.

Al llegar al andén se reconocieron a distancia. Caminaron por el largo pasillo esquivando gente para encontrarse.

El andén era el ambiente menos romántico del universo, era decadente. El piso estaba lleno de polvo de meses y la falta de aire acondicionado hacía el ambiente vaporoso, pegajoso e incómodo. Todos los que entraban y salían de los vagones del tren llevaban una historia encima tan grande como la capa polvorienta del piso. Abundaban las caras largas y desesperanzadas. En ocasiones se podía sentir el olor de algún mal bañado o de algún borracho, los robos con armas blancas era el pan nuestro de cada día y los vendedores ambulantes hacían uso de su labia urbana para obtener dinero por algún caramelo o alguna galleta, que para colmo, no podía ser ingerido en ninguna de las instalaciones subterráneas.

La atmósfera era la menos propicia para un primer beso, pero Eurídice y Orfeo, acostumbrados a romantizar cualquier cosa, decidieron besarse, antes de siquiera saludarse. Fue un beso ingenuo, torpe. Sí, fue torpe. Pero para ellos ese instante era el exceso de la melcocha y nada ni nadie les interrumpiría el momento. Ni siquiera el mal viviente armado que tenían a su derecha, ni la pareja de adolescentes peleando a la izquierda, y mucho menos el olor a orine que brotaba de los rieles.

Nada.

NO ME DESAMPARES, AMÉN

Qué manía tienen las almas sufridas de sacarle provecho al llanto, de melodramatizar la desgracia, de hacer sangrar el arte, de amar en apocalipsis…

"Cuando son las seis y cuarto de la tarde reportamos que las calles vuelven a inundarse de jóvenes que piden a gritos la libertad. Las fuerzas armadas se rebelan contra ellos y disparan sus armas para disipar las huelgas. El pueblo clama una intervención de alguna fuerza mayor pero no es escuchado".

"Reportamos la muerte de dos jóvenes a causa de impacto de bala, uno de los jóvenes llevaba por nombre…".

—HEY —dijo Orfeo—. Mírame. No temas. Aquí estoy. Está sucediendo lo inevitable. No temas… abrázame. —Y la abrazaba mientras Eurídice se quedaba impávida después de pronunciar un te amo que ni ella misma estaba segura de decir.

Orfeo y Eurídice se encontraban en un banco de cemento en medio de una calle concurrida. Había una algarabía de miedo y zozobra. La gente despavorida, buscaba refugio a como dé lugar necesitando con mucho desespero, un poco de consuelo.

En el único establecimiento abierto, un puesto que vendía snacks y cigarros, tenían una radio prendida que iba narrando la situación de las matanzas con una rapidez aterradora. Los números en sí eran aterradores. El dueño fumaba sentado en una silla de cables de plástico. En su cara podía reflejarse la desdicha. El cigarro iba casi por la mitad y con cada bocanada venía un gesto de inconformidad y de maledicencia. El señor estaba atacado por la impresión, lo que le impedía cerrar el local y partir a su casa para seguir sintiendo intranquilidad, pero al menos frente al mueble y el televisor.

Al lado del quiosco de las chucherías quedaban rastros

de flores del puesto contiguo. El florista al enterarse de los ataques militares recogió tan rápido sus brotes en agua que derramó gran parte de su mercancía pintando el cemento de claveles y gerberas, que nadie veía porque en ese momento unos claveles y unas gerberas no iban a componer los ánimos.

Eurídice yacía temblorosa de susto sobre el hombro de Orfeo. El haberle dicho que lo amaba se sentía como una premonición de muerte. Como si debía decirlo antes de que el mundo se acabase o antes de que él se arrepintiese y la dejara sola por apasionada e impulsiva. Se levantaron del banco y Orfeo se acercó al puesto de chucherías. Le pidió al señor una caja de cigarros y unas mentas.

—¿Qué me dices muchacho?

—Que me venda una caja de cigarros y unas mentas, por favor.

—*Amor en tiempos de guerra…*

—Disculpe, ¿cómo dice? —preguntó Orfeo.

Sonó el radio esta vez con una noticia que interrumpió la conversación.

"Seis y cuarenta y cinco de la tarde y el pueblo es atacado con bombas de fuego. Están quemando las casas y los establecimientos. Varios saqueos se reportan en diferentes zonas. Ya son 39 jóvenes muertos en manos…" la voz fragilizada de la periodista es interrumpida por una voz más joven y enardecida:

"Nos están matando ¡AYUDA!".

Eurídice palidecía ante lo que escuchaba y por inercia comenzó a llorar. Orfeo pagó los cigarros y las mentas y con la misma premura del gentío, tomó a Eurídice de la mano y echó a andar con prisa. El señor, dueño del puesto, volvió a su silla y sin mucha gesticulación, también lloró, desconsolado.

Llegaron a casa de Eurídice con el corazón en la boca de tanto trote. Orfeo encendió un cigarro y Eurídice buscó en la nevera algo de comer. Solo tenía pan y huevos. Desesperó al ver que la carne ya se le estaba pudriendo. Comió un pan que untó con mantequilla y acompañó con un café. Prendió el televisor de su cuarto y colocó el canal internacional de noticias ya que los canales nacionales tenían censura.

Mientras el pueblo moría, la programación era de películas domingueras y programas de entretenimiento viejos y repetidos.

"Una muerte más se suma a la lista de caídos en manos del gobierno opresor. Se trata de Selene Córdova, una joven reina de belleza, que salía a protestar con su familia y fue víctima de un disparo fulminante en la cabeza que le propició la muerte en el acto…".

—Era hermosa —susurró Eurídice, quien se sorprendió de la belleza de Selene. Eurídice tenía la idea loca de que la gente hermosa no muere de manera abrupta, sino de viejos, e incluso, de viejos, son hermosos y mueren en paz mientras duermen, sin sentir ningún tipo de dolor. Comprendió que Selene era una mortal, y que, al igual que ella, era frágil ante los impactos de bala, aunque muchos creyesen que su belleza servía de escudo.

Un frío intenso recorrió su cuerpo y por primera vez en su vida experimentó el miedo a morirse.

A dejar de existir.

Orfeo se unió a ella en silencio impregnado de la estela del cigarro. Energéticamente comprendió lo que le sucedía a Eurídice. La miró, vulnerable y rota, y con el corazón en la boca y el noticiero de fondo le dijo:

—Te amo. Con todo lo que un hombre puede amar a una mujer.

Y la besó mientras en su mente, oraba un Padrenuestro.

BIRDS OF A FEATHER

Los días siguientes Orfeo y Eurídice vivieron su amorío de una forma poco convencional. Amaban las madrugadas para crear, jugar video juegos o hacer el amor. Se escribían cartas larguísimas con papel y lápiz, escuchaban soundtracks de películas de anime y se cantaban canciones trágicas para regodearse en el lamento y en su desdicha.

Ellos creían, que mientras más desdichado era un artista, más puro era su arte.

Eurídice y Orfeo vivían un amorío en extremo cursi y novelero. Orfeo endiosaba a Eurídice hasta hacerle creer que compartía misiones divinas con los ángeles y los astros. Eurídice se melcochaba al punto de que en momentos llegaba a hastiarse. Amaba el exceso de atención de Orfeo, pero al mismo tiempo deseaba ser su mortal, su cuerpo de carne y hueso y su corazón volátil que se cansaba con frecuencia de las emociones sin matices.

Eurídice, a veces, quería sentirse humana.

Las noches de video games eran las favoritas de Eurídice. Se sentaban horas a guiar al personaje ficticio por diferentes mundos hasta lograr su cometido final. La abstracción era tanta que olvidaban muchas cosas, como por ejemplo, sus necesidades básicas. Eurídice y Orfeo compartían la necesidad de alimento, de libertad, de superación y de calma, pero no se atrevían a repetirlo porque resultaba un tema álgido.

Conforme pasaban los días, la necesidad nublaba poco a poco su aura al punto de desvanecerlos. Orfeo se tornó en una imagen abstracta y difusa que casi nunca estaba presente en alma, aunque su cuerpo estuviera intacto. Abandonaba las conversaciones a la mitad, miraba desorbitado, olvidaba los días de la semana, comía con los cubiertos al revés y perdió la habilidad para tocar la guitarra. Lo único que recordaba a la perfección era el latín que enseñaba en una escuela de niños pobres los martes, miércoles y jueves a las cinco de la tarde.

Eurídice acusaba la constante falta de Orfeo. Sin embargo, en numerosas ocasiones hizo caso omiso. No vacilaba en desear a otras personas, planificaba proyectos de arte sin la participación de Orfeo, se decoloró el cabello sin que él lo notara, y se unió a un grupo de estudiantes activistas que querían derrocar el régimen dictatorial a punta de piedras y botellas.

—¿Me puedes mirar? Necesito que me mires —susurró Eurídice acurrucada en el pecho desnudo de Orfeo quien yacía boca arriba en su cama pequeñísima cubierto de sábanas de cuadros.

—¿Cuánto más puedo mirarte?, ya de tanto ni me acuerdo como yo era, ni me acuerdo de mi nombre. Somos pájaros del mismo plumaje. Almas del mismo linaje. Somos cuatro…cinco…estrellas de fuego…casas…canción. —Orfeo desvariaba. De sus ojos brotaron lágrimas de color verde. Eurídice le atribuyó el extraño color al hecho de que lo único que consumía Orfeo desde hace meses eran hierbas y vegetales.

Eurídice besó sus lágrimas y el dejo en sus labios le supo a nada.

Eurídice se aterró.

En su quietud buscó las pegatinas de neón que decoraban el techo del cuarto y trató de perderse en esa imagen, pero los desvaríos de Orfeo aumentaban y sus nervios no soportaban mirarlo así. Comprendió que su presencia lo maldecía en vez de sanarlo, y con toda la aversión que eso le causaba, se levantó de la cama, con los ojos también bañados en lágrimas, y corrió a la calle sin imaginar que esa sería la última vez que abrazaría a Orfeo y que lloraría de compasión.

LA GENTE HERMOSA SÍ SE MUERE

Hades lideraba el grupo de estudiantes protestantes más fuerte de la ciudad. Era un joven de un poderío innato. Larguirucho, flaco, peludo y pelirrojo de naturaleza, Hades a simple vista no lucía como un líder. Muchos llegaron a subestimarlo por su aspecto físico hasta que lo escuchaban hablar. Cada palabra que decía venía acompañada de un tono autoritario y convincente que movilizaba a cualquiera y motivaba a las masas con una rapidez anormal. Era un personaje sórdido, con un sadismo secreto por la muerte y el poder, que a veces asomaba lo suficiente para no parecer un loco. Y es que no lo estaba.

Hades visualizó a Eurídice en medio de una charla protestante a las afueras de la universidad. Captó su atención por un libro existencialista que cargaba en su mano el cual tenía como premisa que tres personajes, después de muertos, se encontraran en un infierno hipotético para cumplir sus condenas y retorcerse por las eternidades en sus calamidades y fechorías. Como los temas oscuros atraían la atención de Hades, decidió acercarse a Eurídice desprovisto de egocentrismos para poder saber quién era ella.

—El mayordomo es mi personaje favorito —dijo Hades acercándose a Eurídice habiendo terminado la charla.

—Viniendo de alguien como tú, es predecible. Es el único personaje que no es víctima sino perpetrador. Un placer, Eurídice.

—Hades —sentenció mirando a Eurídice con una chispa de grandeza y excitación en el rostro.

—¿Quieres salir de aquí? Detesto los cúmulos de gente y ya oí lo que necesitaba —dijo Eurídice.

—Va bien. Podemos ir al paseo de los hippies a tomar té de yerbabuena.

Salieron esquivando panfletos de oposición y llantas disponibles para trincheras.

Llegaron al lugar de las infusiones y todos alrededor parecían conocer a Hades. Varios se acercaban para saludarlo con ojos de admiración y agradecimiento. Hades era conocido por ayudar a muchos con sus miserias con la condición de reclutarlos para sus propios planes de rebelión. La gente maravillada accedía, porque como buen líder, era encantador y manipulador y no había nadie que se resistiera.

De fondo sonaba *Hey, Little Songbird de Anais Mitchell.*

Eurídice en momentos recordaba con culpa a Orfeo. El corazón se le aceleraba un poco, respiraba con dificultad mientras permanecía erguida en la silla vintage de metal pintada de blanco, frente a la presencia de Hades. No fue sino hasta que la mesera trajo los tés que Eurídice despertó de su sopor.

—¿Por qué quieres participar en la protesta? Sabes que es peligroso, ¿verdad? Somos el bando fuerte en unión y pensamiento pero eso no quita que las balas no puedan atravesarnos. Nuestra debilidad son las armas. Su artillería es más efectiva que nuestras botellas-bombas.

—¿Estás asustado Hades? —inquirió Eurídice.

Hades soltó una risotada de gracia.

—Siempre lo estoy. Pero digamos que de una forma u otra el miedo me mueve. No me hace quedarme quieto. Tal vez ese es mi punto débil —dijo coqueteando—. Tal vez yo no debería decirte esto.

—No me hace cambiar mi percepción. Quiero participar en la rebelión porque ya estoy desprovista de motivaciones. Tengo hambre y estoy cansada de la inercia. No tengo nada en qué creer.

Hades la miró enternecido y quiso besarla. Se acercó al

punto de que su nariz aguileña chocaba con la de Eurídice. La energía de Hades era vibrante y magnética. Le respiró tan de cerca a Eurídice que pudo sentir su aliento a yerbabuena. Tomó un mechón de su ahora platinado cabello y se lo enredó entre sus dedos con destreza. Lo llevó a su nariz y lo olió en una respiración profunda y sostenida. Eurídice permanecía inamovible. Comprendió las intenciones de Hades.

—¿En qué puedo servirte?

—Lo entenderás mañana. Llega a las 11:00am al punto de la trinchera de llantas. Usa un vestido hermoso y deja tu cabello suelto. No me cuestiones, solo confía —le ordenó Hades.

Besó con ligereza sus labios y terminó su bebida. En el resto de la velada no hablaron más que trivialidades. No mencionaron ni el beso ni el plan.

Al día siguiente Eurídice se presentó en el lugar y la hora acordados. Había un tumulto de jóvenes exaltados haciendo bombas con botellas de cerveza y prendiendo en fuego llantas y maderas arrejuntadas con costales de cemento y alambres de púas. Era la típica imagen de una rebelión aficionada llena de insubordinados amateurs. Pero su inexperiencia no les era impedimento.

Hades al ver llegar a Eurídice corrió a su encuentro.

—Te has puesto preciosa. El plan es el siguiente. En una hora tendremos a los uniformados enfrentándonos con sus armas esperando cualquier reacción nuestra. Tú serás la distracción. Te acercarás a ellos pretendiendo un acuerdo de paz. Lleva esta biblia en mano para que vean que obras en nombre de Dios. Cuando estés muy cerca les pedirás hablar con el jefe.

La criatura alta y de aura negra que los ronda. No te dejes apabullar por su aspecto, si le demuestras miedo te come. Como un animal carnívoro. Una vez que lo tengas frente a ti pídele que bajen sus armas, que solo queremos ser escuchados. Usa tu belleza de herramienta e intenta persuadirlo de que si lo hace le darás un premio. No te quebrantes ante su negativa. Busca la forma. Al tú conseguirlo ellos bajarán sus armas. Esa será la señal para que los que están en el cuartel del río suban y ataquen con bombas de humo. El humo les nublará la vista y justo en ese momento robaremos su artillería. Mataremos a algunos y a otros los usaremos de rehenes. Cuando esto suceda corre a la base principal, ahí tengo a dos guardianes dispuestos a armarte y a cubrirte en caso de que la situación se salga de control. No temas y no me cuestiones. Solo confía en mí.

La última frase se vio interrumpida por el sonido de las enormes tanquetas aproximándose a los opositores. Eurídice no estaba preparada, pero no sintió miedo.

Levantó la mirada y divisó una mariposa enorme color azul que le voló por encima de la cabeza y le recordó su humilde casita de cemento. Suave y sin mucha alharaca mencionó a Orfeo para sí misma y justo antes de regocijarse en su pensamiento ya tenía una biblia en la mano que le serviría como bandera blanca.

Eurídice se encontraba en posición dispuesta a acercarse a las criaturas en uniforme. Al dar el primer paso se escuchó un alarido ensordecedor que les taladró el tímpano a los estudiantes. Las bestias hacían sus ruidos de guerra. Eurídice levantó la biblia y se acercó temblorosa pidiendo clemencia.

—No estoy armada. Vengo en son de paz. Quisiera

poder hablar con el gran jefe, si me lo permiten.

El jefe desde una esquina la miraba desconfiado y no dio ni un paso a su encuentro. Eurídice comenzó a llorar ahogada en un intento de sensibilización aprovechando de drenar su angustia y su ansiedad. La criatura negra y apestosa se posó frente a ella llevándole unas cinco cabezas de ventaja. Eurídice temblorosa comenzó a desnudarse, no en un acto de seducción, sino más bien de desesperación. La ropa le ardía en el cuerpo. Quería arrancarse la piel. No le importó quedar magra delante de todos los que la observaban, en ese momento, su pudor había desaparecido.

El jefe posó su arma de hierro caliente en su frente y un olor a azufre le inundó las fosas nasales.

—¡LARGA VIDA AL COMANDANTE! —Escupió la bestia hedionda. Empuñó su arma, listo para volarle los sesos a Eurídice, pero no le dio tiempo.

Los estudiantes de la trinchera del río hicieron llover las bombas de humo antes de la seña acordada. Eurídice sintió como el arma de fuego se desprendía de su frente arrancando pequeños pedazos de piel quemada. Sus sentidos se nublaron y cayó en un shock enfermizo que la hizo estacionarse en medio de la brusquedad del enfrentamiento. El humo la rodeaba desnuda y las detonaciones le rozaban el cuerpo sin atinar ninguna de sus partes.

Permaneció en ese estado de desconexión hasta sentir una mano que la tomaba alejándola con premura. Corrió sin saber quién la sostenía ya que el humo le había nublado la vista y solo daba pasos por intuición.

–SUÉLTALA.

Eurídice escuchó una voz que reconoció como la de Hades. No supo de qué forma, pero Hades ya estaba armado y apuntó su pistola en dirección al desconocido que la tenía sujeta. Se escuchó la empuñadura de vuelta, lo que hizo que Eurídice quedara atrapada en el medio de un enfrentamiento ciego ya que ambos contrincantes no sabían exactamente a qué estaban apuntando. Eurídice volteó haciendo un esfuerzo absurdo por reconocer quien la llevaba de la mano y justo en ese instante se escuchó una detonación fortísima proveniente de una tanqueta ubicada a escasos metros de ellos. El susto hizo que el secuestrador incógnito presionara el gatillo inconscientemente en dirección hacia Hades.

Pero la bala cobró un objetivo diferente.

En los pocos segundos de vida que pudo atesorar, Eurídice sintió la temperatura caliente de su propia sangre corriéndole por el entrecejo. Tenía un agujero perfecto en su frente que acabó con su existencia en menos de un minuto. Cayó ligera al suelo con los enormes ojos verdes abiertos mirando sin vida la protesta infernal.

Las rodillas de Hades y Orfeo tocaron el suelo al unísono frente al cuerpo inanimado de Eurídice.

Orfeo parecía haber despertado de su limbo y por primera vez en mucho tiempo, miró los ojos de su amada con una tristeza que le partió el corazón en dos.

Orfeo había asesinado a Eurídice en un intento desesperado por salvarla, lo que lo condenó de por vida a vagar con culpa y recordando esa mirada hasta el día de su muerte, muchos años después.

Hades miró atónito como Orfeo temblaba de miedo y supuso de inmediato que no pertenecía a las criaturas del gobierno. Comprendió la situación en milésimas de segundo. Esquivando las detonaciones, cogió el cuerpo de Eurídice y salió corriendo. Orfeo con premura se dispuso a seguirlo, pero en un instante de distracción, se le perdió en la humareda. Entre el bullicio, el humo y el terrible olor a azufre, Orfeo deseó la muerte como nunca le había sucedido. Anheló reencontrarse con su amada, así fuera en el más allá.

Con su amada, a quien no había sabido mirar en vida.

Lloró, gritó, pataleó y apagó su musa para siempre lo que acabó con su espíritu de artista y lo convirtió en un errante.

A partir de ese día Orfeo caminaría roto. Trataría de buscar a Eurídice en cada pequeña cosa, pero nunca volvería a dar con ella, ni siquiera en sueños. Cargaría con el peso infrahumano de haber acabado con su vida y se arrepentiría mil veces de no haberla escuchado, de no haberla sostenido.

Hades, al ver que todo se trató de un mero accidente, perdonó la vida de Orfeo alegando que a Eurídice la había matado el gobierno. Utilizó el caso de Eurídice para hacer eco a nivel mundial y pidió justicia para su vida de todas las formas posibles. Justicia que no llegó sino muchos años más tarde, ya cuando Hades estaba cansado de pedirla. Hades le aconsejó a Orfeo que saliera del país puesto que estando ahí era vulnerable a confesar por pura culpa y el muchacho estaba muy joven como para dañarse la vida en una celda satánica en la que torturaban a los presos y acababan matándolos si no se sabían defender, cosa que Orfeo no hubiese podido manejar.

Orfeo terminó sus días en una casa a las afueras de la ciudad, en la que vivió por mucho tiempo. Murió de asma, solo en su cama. El asma le vino por los recurridos ataques de ansiedad que le surgieron después del incidente.

Justo antes de morir, tratando de luchar para recuperar la respiración, recordó a Eurídice y los ojos que tenía el día que murió de su mano. La imagen lo turbó tanto que acabó por vencerse ante el asma y murió en seco. Su muerte pasó sin pena ni gloria. Sus familiares más cercanos se presentaron en su sepelio y unos pocos amigos que había cultivado los últimos años.

Hades, al enterarse de la noticia, quiso ver el rostro que había salvado de la perdición por última vez. Se presentó sin ser reconocido por nadie. Al acercarse al cuerpo de Orfeo, distinguió la misma expresión de condena y culpa aún después de muerto.

Sintió lástima.

Con el mismo sigilo que había llegado, partió, cerrando después de mucho tiempo el ciclo de Eurídice en el que estuvo sumergido por tantos años.

LAMENTO DE ORFEO

(Extracto exacto del poema mitológico)

Maldigo el momento en el que no tuve la convicción necesaria

Maldigo el momento en el que me dominaron la debilidad y el miedo

Maldigo el momento en el que me olvidé de seguir confiando en tu amor

Maldigo el momento en el que tuve dudas

Maldigo el momento en el que miré atrás

Ese fugaz momento en el que te perdí…

No puedo ya volver por ti allá donde tú estás

Ahora, de ti nada me queda

Solo tengo mi lira,

Que llora sin consuelo tu ausencia

Como lloro yo, Orfeo.

Para Génesis Carmona y todas las víctimas de las protestas en contra del gobierno venezolano.

LAS DOS FEDORAS

LA VIDA PASADA

Hace mucho tiempo, quizás un siglo o un poco más, existió un pueblo que dividía a su población en hombres, mujeres, avestruces y caballos. No se daba cabida para otra especie, exceptuando, claro está, los insectos, que en definitiva no le hacían mal a nadie. La estructura de las casas era la misma: redondas y de color terracota. Como una suerte de iglú de clima árido. Las mujeres vestían con batas de color azul marino, tenían el cabello largo hasta los pies y lo trenzaban para mantenerlo recogido. Los hombres vestían de igual forma, solo que el color de las batas era canela. Los avestruces pertenecían a las mujeres y los caballos a los hombres.

Las reglas en este pueblo eran muy claras y estrictas: las mujeres solo podían casarse con hombres, y los hombres solo con mujeres o avestruces. Las mujeres no podían andar a caballo, no podían destrenzarse el cabello y no podían, en ninguna circunstancia desobedecer la orden de un hombre así no fuese cercano a ella. Las mujeres incluso debían, de vez en cuando, esconder su cabeza en la tierra junto con los avestruces, en señal de respeto y disposición.

Al final del modesto pueblo, vivían dos chicas de la misma edad, con la misma contextura y con el mismo nombre. Muchos afirmaban que parecían hermanas. Eran delgadas, pero con cuerpos macizos y definidos. Ambas morenas con ojos pequeños y redondos. Se diferenciaban porque una de ellas tenía rasgos más duros que la otra. Daba la impresión de que siempre estaba molesta.

Fedora A y Fedora B se encontraban todos los días al ponerse el sol para llevarle comida a sus avestruces que convivían en una granja compartida. Hablaban poco, pero lo suficiente como para que después de cinco meses de recorrido habitual, llegaran a conocerse. Fedora A adoraba discretamente los paseos con Fedora B. En su cabeza siempre pensó que Fedora B era inteligentísima, y le gustaba la ocurrencia con la que articulaba las pocas frases que le compartía.

Fedora B, por su parte, encontraba curioso que Fedora A siempre la recibiera con una sonrisa de alegría genuina, tomando en cuenta que vivían en una prisión. Fedora B, de forma intuitiva, entendía que el estilo de vida que mantenían era opresor y desgastante. No sabía cómo ni a dónde, pero tenía el objetivo de marcharse lo más pronto.

Una tarde, habiendo finalizado el recorrido para alimentar a las aves, Fedora A se tomó el atrevimiento de hacerle una propuesta a Fedora B.

—Esta noche cenaré en casa con mi madre y mi hermana. Mi padre está haciendo el viaje de las provisiones. La última vez consiguió comprar un par de pollos y una ternera —dijo Fedora A sonriente—. Hoy cocinaremos uno de los pollos, con champiñones.

Fedora B permanecía inexpresiva.

—¿Desearías comer con nosotras pollo con champiñones?

Fedora B reaccionó con miedo y sorpresa, sin alterar mucho su rostro.

El acto de invitar a una mujer sola a comer en una casa de familia suponía muchas cosas. Adulterio, chismes, flujo de información prohibida, y por supuesto, relaciones entre ellas.

Relaciones homosexuales.

Fedora B dudó por varios segundos, pero sus ganas de sentarse junto a la sonrisa esperanzadora de Fedora A, la hizo responder.

—Está bien. Pero estaré ahí pasadas las ocho. No quiero ser vista.

—Vale. Te veo al rato.

Y regalándole una vez más la panorámica de sus dientes, se despidió Fedora A de Fedora B.

EL HUESO DE LOS DESEOS

—Estás consciente de que lo que hiciste puede tener graves consecuencias, ¿verdad? —dijo la hermana mayor de Fedora A quien siempre había tenido un aire altanero y de rectitud.

—No la reproches, Farah. No pasará nada. Además tengo mucho rato queriendo conversar con alguien diferente a ustedes dos —dijo con picardía la madre de las dos muchachas—. Lo único que te pido Fedora, es que le exijas que sea cautelosa.

—Ya lo hice mamá. Iré por la vajilla de cerámica.

—¿LA VAJILLA DE CERÁMICA? Pero mamá esto no es una ocasión importante, además papá no está.

—Búscala Fedora. Farah, te pido por favor que no reproches. No estamos cometiendo ningún crimen.

La hermana mayor frunció sus espesas cejas y resoplando se dispuso a colocar la mesa.

A los pocos minutos, tocaron la puerta con suavidad. Abrió la matriarca.

—Pasa, Fedora. Bienvenida.

Fedora B dejó sus sandalias de cuero en la puerta y acomodó los cabellos que salían despeinados de su trenza. Le costaba dar un paso. No entraba en confianza aún.

—Siéntate, ya vamos a servir el pollo, ¿tomas té de durazno? —Convidó Farah con un tono despótico.

—Sí. Gracias.

—Qué bueno que viniste, ¿qué le has dicho a tu familia? —preguntó Fedora A.

—Que debía salir a atender al avestruz con urgencia porque creí escuchar un quejido producto de una picadura de avispa —dijo Fedora B con su habitual expresión de dureza sin matices.

—Pintoresco —acotó la madre sirviendo en cada plato una presa de pollo.

—Comamos entonces para no perder tiempo. Atender una picadura de avispa no tarda más de una hora —y diciendo esto Fedora A se sentó en la mesa empezando a comer saltándose las oraciones iniciales y el protocolo.

Farah la miró de forma peyorativa y agachó la cabeza haciendo una oración para sí misma.

Comenzaron a comer comentando trivialidades. Fedora B elogió la preparación e hizo hincapié en que los champiñones estaban muy bien aliñados. Tomaron varias tazas de té cada una, y de postre, comieron dátiles y almendras. En la mesa aún quedaban las sobras y los huesos del pollo.

—Miren, un hueso de los deseos, ¿con quién lo comparto? —dijo Fedora A sosteniendo con sus dedos el hueso triangular.

—Vamos a darle el honor a nuestra invitada —dijo la madre adelantándose a cualquier comentario imprudente de Farah—. Se sabia con lo que deseas, Fedora.

Ambas Fedoras tomaron cada una un extremo del hueso, y cerrando los ojos, haciendo un conteo de tres, procedieron a halar. Al romperse, la parte del hueso que se queda con la unión es la que augura la buena suerte.

Fedora B fue la afortunada.

—Que te sea cumplido lo que deseas —dijeron las otras tres mujeres, cada una a su tiempo y con su intención.

Fedora B agachó la cabeza en sinónimo de agradecimiento.

Limpiaron la mesa, prendieron un palo santo que agitaron por todo el comedor, y habiendo pasado la hora,

Fedora B se dispuso a retirarse agradeciendo el gesto. Fedora A la acompañó afuera, con intención de despedirse de forma más íntima. La calle estaba sola y oscura. Sólo se veía a lo lejos un par de caballos haciendo guardia, pero nada digno de preocupación.

—Nos vemos mañana para llevarle comida a los avestruces —dijo Fedora A, que no imaginó, ni remotamente, lo que estaba a punto de suceder.

Fedora B se acercó a ella plantándole un beso en la frente. Como vio que la respuesta no era negativa, se atrevió a besarle los ojos.

Fedora A sonrío. Una sonrisa de alegría pura. Fedora B sonrió también, pero sin mucha efusividad, más bien con timidez.

—Quiero salir de aquí Fedora. No estoy segura de a dónde, pero confío mucho en mi intuición y sé que nos llevará al lugar correcto. Ven conmigo…—dijo Fedora B.

—Que te sea cumplido lo que deseas. Nos vemos mañana —dijo Fedora A tomándole la mano respondiendo de forma afirmativa a su propuesta.

Ambas se separaron volviendo a sus casas. Esa noche, las dos tuvieron sueños muy hermosos, en los que cortaban sus cabellos, montaban a caballo y se tomaban de la mano en las calles y los lugares concurridos.

La propuesta encendió en ellas una luz naranja que les vibraba en el pecho, del lado del corazón. Muy pocas personas podían ver esa luz. Una de ellas era la madre de Fedora, que la noche después de la cena, la miró sabiendo todo lo que había sucedido sin siquiera preguntarle. La luz naranja, a los ojos de su madre era en exceso potente.

En vez de reprimirla, la abrazó y le pidió que fuera sabia. Que huyera lejos con su Fedora, pero que fuera sabia.

Lo dijo asegurándose que Farah dormía, y que no espiaba detrás de las puertas.

LA CONDENA POR AMAR

Transcurrieron tres semanas desde la noche de la cena. El padre de Fedora A estaba de vuelta en casa. Los días que siguieron sucedieron con extrema normalidad para todos, excepto para las dos Fedoras, quienes inventaban excusas con tal de poderse juntar para armar su plan de escape, y para besarse a escondidas las frentes y las manos.

Habían acordado partir en una semana rumbo al norte. El plan era sencillo. Usarían de excusa el hábito diario de llevarle comida a los avestruces. Chequearían el estado de sus patas, que no estuviesen rajadas ni picadas, y montarían en sus lomos al caer la noche, ordenándoles echar a andar con rapidez pero al mismo tiempo con sigilo. Lo de ser sigilosas no se le daba muy bien a estas aves, pero les eran obedientes a sus amas, quienes con tanto amor las cuidaban y las alimentaban. Fedora B consideraba que esto era suficiente para que un avestruz hiciera lo que se le pedía. Una vez en la frontera, cortarían sus cabellos al ras y cambiarían sus batas por un par color canela, para pasar desapercibidas.

Por fuera parecía un plan exitoso, pero tenía muchas

costuras sueltas. Costuras que ninguna de las dos Fedoras pudo anticipar.

Su ansiedad fue mayor.

Llegado el día pautado, Fedora A y Fedora B abandonaron sus casas cargando en sus manos solo el costal de comida de avestruz.

La luz naranja les alumbraba el pecho de nuevo.

Farah, ignorante del plan de su hermana, decidió espiarla, presa de la inquietud que le generaba verla tan sonriente. Más que de costumbre. Esperó que caminaran un poco y les siguió el paso urgida de la curiosidad.

Al doblar la calle que daba con la granja, las Fedoras se encontraron con tres hombres a caballo apuntándolas con lanzas.

—Atrápenlas —ordenó el jefe al tiempo en que los otros dos las sujetaban con brusquedad.

—¿Qué sucede? ¿Por qué nos hacen esto? —dijo Fedora B tratando de zafarse.

—Tu padre nos ha contado todo. Mantienen una relación prohibida y planean huir.

—¡MENTIRA! —gritó Fedora A al tiempo en que era abofeteada por el hombre que la sostenía.

—Vendrán conmigo a las celdas donde serán castigadas hasta morir. No tienen derecho a nada, ni siquiera a la oración.

Farah, que había logrado alcanzarlas, trató de interrumpir el procedimiento, pero sabía que cualquier cosa que dijera atentaría contra su vida, y no tenía la valentía necesaria para arriesgarse, ni porque se tratara de su propia hermana. Lloró con amargura, mientras escuchaba a Fedora A gritar pidiendo ayuda y consuelo.

La noticia revoloteó en el pueblo semanas enteras. La madre de Fedora A cayó en un silencio absoluto después de perder a su hija. Se rumoreaba que pasaba horas interminables con la cabeza enterrada en la tierra de la granja de los avestruces.

En la calle que habitaban las dos Fedoras, algunas noches de luna llena, se podía divisar un par de masas luminosas color naranja sujetadas por un hilo. La aparición turbaba a los más conservadores e inspiraba a los rebeldes ya que todos sabían que se trataba de la marca de las dos condenadas.

Nunca se supo cómo murieron. No supieron si era de día o si era de noche. Si sufrieron o se resignaron. Nunca supieron si después de atraparlas pudieron darse un último beso en la frente.

Nunca se supo nada.

LA VIDA PRESENTE

"Y yo sigo siendo el reeey…"

—¡SALUD COÑO! —gritó Fedora B después de corear a todo pulmón la ranchera más cliché, tomando de un solo golpe un shot de tequila de fresa.

Fedora B era amante de las rancheras.

Ese viernes celebraba en un bar cercano a su casa el cumpleaños de su amigo Milo, a quien todos le regalaron una serenata. La vibra dramática y novelera de los mariachis le encantaba a Fedora B. La inspiraba tanto, que decía que en su siguiente vida quería ser mariachi, porque en esta no tenía ni la gallardía ni la voz.

Fedora B era un alma vieja.

Su aura en ese lugar destilaba un color naranja vibrante que combinaba con la decoración de alebrijes. Todos alrededor de Fedora B lo notaban. Estaba feliz, radiante. Se sentía segura y fuerte. Cantando se despeinaba. Su cabellera negra no era abundante, pero le complementaba a la perfección las facciones duras y la piel morena. Fedora B esa noche decidió llevar un escote que resaltaba sus senos perfectos y que le daba un aire de sensualidad que captaba la mirada de cualquiera.

Justo en el momento en que los mariachis entonaron su última canción, hizo entrada en el sitio Fedora A. Vestía con una braga de jean y un suéter manga larga. El look le daba un aire de mojigata.

—Perdóname Milito, mira la hora que llego. Terminé tarde en la oficina. Feliz cumpleaños.

—Te lo perdono solo porque te amo mucho. Quiero que estés al tanto de que te perdiste los mariachis y fueron la mejor parte de esta fiesta —dijo Milo llevándola a su mesa de invitados.

—Fuck. I´m not even worthy.

—Cállate Fefe. Ven, te voy a presentar a los que no conoces —dijo Milo, juguetón—. Ariel, te presento a Fedora. Fedora conoce a Saulo, Hortensia, Macarena, y por último tu tocaya. Fedora, te presento a Fedora.

Los pechos de ambas comenzaron a encenderse con la luz naranja.

Solo ellas, y Milo, podían ser testigos de esto. Se miraron curiosas por unos segundos y estrecharon sus manos a la vez para darse un apretón.

—Mucho gusto, Fedora —dijeron Fedora A y Fedora B.

Fedora B bajó la mirada a las manos percatándose del brazalete que decoraba la muñeca de Fedora A.

—Qué lindo, ¿qué figurita es la que cuelga? —dijo Fedora B.

—Un hueso de los deseos. Es como un amuleto de la buena suerte —dijo Fedora A mostrándole la piecita de plata.

—Nice. Son contadas las veces que he conseguido un hueso de esos en una presa de pollo —dijo Fedora B.

—Yo también —dijo Milo interrumpiendo la conexión bilateral—. Daré una vuelta al bar para buscar más tequila. Te dejo en buenas manos Fefe.

—Está bien Milito, gracias.

La luz naranja las desconcentraba un poco pero no se atrevieron a hacer comentario al respecto. Charlaron de muchas otras cosas. Del cine japonés, de los tentempiés que servían en el bar, de la lucha libre, del clima y hasta de la economía mundial. La conversación sucedió con una fluidez deliciosa para ambas.

El DJ colocó *Brillo de Rosalía y J Balvin*, al tiempo que las luces del local se hacían más tenues.

—Vamos a bailar. Me encanta esta canción —sugirió Fedora B.

Fedora A dudó. Miró a los lados, temiendo avergonzarse.

—Ven, solo vamos a bailar —dijo Fedora B.

Se situaron en el medio de la pista, se tomaron de las manos, y sin pegar sus cuerpos, comenzaron a bailar haciendo crecer la luz de su pecho formando una esfera de energía naranja, deslumbrante.

"Estoy brillando con highlighter, ¿no lo ves?" *.

Bailaron varias canciones. Como unas cinco o siete. A la séptima, Fedora B fantaseaba con un beso.

—Necesito ir al baño —dijo Fedora A.

—Vale, te acompaño —dijo Fedora B.

En el baño, minúsculo y transitado, Fedora B decidió hacerle caso al arrebato encerrando a Fedora A en uno de los cubículos.

*Extracto de la canción ´Brillo´ de J Balvin y Rosalía.

La besó y recibió un beso perfecto de vuelta.

Se despeinaron, se tocaron las manos, los brazos, el cuello, Fedora A se paseó por el escote de Fedora B, y Fedora B por las orejas de Fedora A.

La adrenalina las agotó.

Salieron dando tropezones, quitándose los manchones de pintura de labio de las barbillas y alisándose los cabellos revueltos.

—Vaya vaya, esto es el colmo, yo soy el cumpleañero y ustedes son las que mejor se la pasan —dijo Milo pillándolas al salir del baño.

—Y nos vamos, a seguir pasándola bien —dijo Fedora B.

—Qué envidia. Se los perdono solo porque las amo mucho —dijo Milo, besándoles las mejillas.

Las dos Fedoras salieron del local tomándose de manos. Estuvieron juntas hasta las nueve de la mañana del día siguiente, comieron croissants con mermelada y té de durazno y partieron cada una a sus respectivos hogares.

Ligeras y emocionadas.

DIEZ DÍAS DESPUÉS

—¡Qué aberración! Parece que cada día se proliferan.

—Sí. Agradezco mucho que ninguno de nuestros hijos

adquirió ese mal.

—Imposible, los hemos criado de forma consciente.

—Pero muchas veces se enferman. Curarlos es un suplicio. Lo sé porque Juan, con el que trabajo, ha hecho de todo y nada funciona.

—La homosexualidad no es una enfermedad, papá —dijo Fedora A postrándose en la entrada de la cocina, habiendo escuchado la conversación sin ser vista.

—No me lleves la contraria, hija. Yo respeto a tus amigos que sufren de esta condición, pero agradezco a Dios día a día porque tú y tus hermanos están sanos y limpios de todo mal.

—Jamás podría perdonarte, Fedora. Así que no lo defiendas —dijo la madre de Fedora A con un tono severo.

Fedora A los miró con profunda decepción y salió de su casa sin discutir nada más. Se encontraría con Fedora B, con quien durante diez días, había mantenido una especie de relación. Una relación con buena pinta a pesar de la premura. Se habían visto a diario, sin falta. Se aventuraron a mil cosas nuevas y hasta se dijeron 'te quiero' comiendo helados en una plaza.

Fedora A, por momentos, se sentía con las agallas suficientes para enfrentar lo que le sucedía y echarse al mundo encima, si era necesario. Pero la mayor parte del tiempo, la lealtad a su sistema familiar era superior.

Ese día estaba del lado de la valentía.

Invitó a Fedora B al mirador de la montaña y le propuso

algo que ni ella misma, en el fondo, se creía capaz de cumplir.

—Quiero irme del país. Contigo. No lo sé, empezar de cero, en otro lugar. Sé que es muy pronto que te hable de esto, pero creo que puede funcionar —dijo Fedora A.

—Fedora, que tú deseo sea cumplido —dijo Fedora B.

—¿Esto es un sí? —preguntó sonriente Fedora A.

—Claro que es un sí. Llevo rato dándole vueltas a mi cabeza con esta idea. Podemos mudarnos al otro continente. Sé que al principio no sería fácil, pero podemos arreglárnoslas. Allá puede que sea más llevadera nuestra relación, lejos de juicios. He soñado con esto Fedora, y se me vuelve a encender esta luz naranja en el pecho. Sabes, creo que esta luz es una señal de que nuestra historia viene de otra vida. Siento que llevo eternidades conociéndote, te confiaría lo que fuese —dijo Fedora B, inspirada—. Nos veo en otra ciudad, con una casa pequeña y tal vez con una mascota. Sé que no sería fácil, insisto. Sé que tu familia puede estar en contra, pero ESTA ES TÚ VIDA FEDORA, y no hay nada de malo con lo que sentimos porque Dios o el universo serían incapaces de condenar el amor. Te lo juro.

Fedora A la contempló con fascinación.

—Lo sé. Partamos el mes que viene —dijo Fedora A—. No quiero pensarlo mucho.

—No lo pensemos —dijo Fedora B.

Finalizaron la conversación con un beso modesto que se vio interrumpido por una gota de agua. El cielo se preparaba para una tormenta colosal. Las dos Fedoras disfrutaron un rato de la garúa incluso cuando se hacía más intensa. La luz en el pecho comenzó a crecer de nuevo como una esfera de energía enorme que pintaba los charcos en el cemento y decoraba el gris del clima con un tono más cálido.

Las dos Fedoras se hicieron una.

En ese mirador lluvioso, estas dos almas volvieron a encontrarse de forma plena. Dos almas destinadas a sufrir los embates de un amor que hoy en día sigue condenado por no ser comprendido. Un amor que no pretende deconstruir, sino al contrario, llenar de nuevos colores y formas un mundo hermético.

Las dos Fedoras rieron, se abrazaron, se besaron y hasta juraron estar siempre la una para la otra, sin importar qué.

Qué felices y plenos llegamos a ser cuando podemos ser nosotros mismos, ¿verdad?

UNA SEMANA ANTES DEL VIAJE

—¿Estás segura Fedora? —preguntó Marco, el hermano mayor de Fedora A quien era a su vez su fiel confidente.

—Creo que sí. Creo que es lo mejor —dijo Fedora A guardando en cajas ropa para donar.

—¿Qué le dirás a mamá y papá? —dijo Marco.

—Marco no lo sé. Asumo que la verdad.

—Pues los vas a matar de un infarto —dijo Marco resoplando—. En fin, yo estoy aquí para apoyarte. Haz lo que debas hacer.

—¡FEDORA!

Fedora A y Marco voltearon la cabeza de sopetón escuchando el grito exasperado de su madre.

—¡MALDITA INSOLENTE! —dijo la madre volteándole la cara a Fedora A de un cachetón—. ¿CÓMO PUDISTE?

—Mamá, ¿qué carajo?

La madre de Fedora le propició otro golpe, esta vez con el puño.

—MAMÁ DÉJALA —dijo Marco haciéndole escudo a Fedora A.

—QUÍTATE, NO LA DEFIENDAS, ¿ACASO TÚ TAMBIÉN ERES UN ASQUEROSO MARICÓN?

—Déjalo en paz mamá, ¿cómo supiste? —preguntó Fedora A con el corazón latiendo de miedo por haber sido descubierta.

—Abajo está tu padre intentando echar a esa mujer de la casa…

Fedora A, esquivando a su madre, bajó corriendo las escaleras de madera que dividían el recinto en dos pisos. Al llegar abajo se encontró con la imagen de una arrepentida y temerosa

147

Fedora B.

—¿Qué estás haciendo aquí Fedora? —dijo Fedora A

Fedora B respondió con lágrimas en sus ojos.

—Quise hablarles para intentar ayudarte. Era importante que supieran que lo que estamos haciendo no es un delito…

—FUERA DE MI CASA —dijo la madre de Fedora A.

—Vete, Fedora, por favor —dijo Fedora A llorando, nublada por el choque de la situación, invadida de miedo y vergüenza.

Fedora B fue concreta. Se dio media vuelta y partió sin intentar lograr algo más. Salió de la casa desplomada. Caminó sin sentido por horas hasta que decidió volver a su casa, a esperar.

Fedora A, al ver a Fedora B partir, corrió a encerrarse en su cuarto por horas hasta que sintió que todos en su casa se habían ido a dormir. El tiempo que pasó confinada lo usó para darse golpes de pecho. Se reprochó por haber comenzado ese idilio con Fedora B. Se revolcó en su amargura, lloró, gimoteó y hasta se arrancó unos cuantos pelos de su cabeza.

Entrada la media noche, Fedora A cogió su teléfono para redactarle a Fedora B un mensaje en el que le plantearía, con cobardía, que el plan de abandonar juntas la ciudad quedaba cancelado. Le explicó que no podría volver a verla y que prefería tratar de enmendar la situación con sus padres antes de sacrificarlo todo por una relación de casi dos meses. Le reprochó el haberse atrevido a confrontar a su familia sin su consentimiento. Desahogó toda su frustración en unas pocas líneas y cerró su mensaje apenas agradeciéndole el cariño que Fedora B le habría brindado.

Fedora B respondió con ira.

Se descargó enardecida señalando a Fedora A de tonta, blanda e impulsiva. Se sintió herida, descompuesta y sin valor, y esto hizo que en su corazón se forjara una cicatriz enorme que para ese momento, sangraba a borbotones.

Y seguiría sangrando, cada día menos, hasta después de mucho tiempo en que lograría secarse por completo.

LA IMPORTANCIA DE CERRAR LOS CICLOS

Pasaron dos años para que esa cicatriz se cerrara.

Ambas habían perdido contacto, sabían solo unas pocas cosas la una de la otra gracias a Milo. Un día de marzo, Fedora A se levantó de su cama acelerada por un sueño que se le venía repitiendo desde hacía una semana. Era un sueño en el que volvía a encontrarse con Fedora B, obteniendo siempre resultados diferentes. En algunas versiones del sueño se trataban con afecto, en otras se gritaban, y en unas más recurrentes se miraban a distancia perdonándose. Esta última versión inquietaba a Fedora A. Esa mañana se levantó mirándose el pecho que volvía a encendérsele con la luz naranja, pero esta vez con menos intensidad. Decidida tomó su teléfono y marcó el número de Fedora B, esperando ansiosa que esta volviera a contestarle.

Fedora B le contestó extrañada. Fedora A comenzó sus

disculpas en un monólogo muy sentido en el que le expresaba a Fedora B su más sincero arrepentimiento. Fedora B permaneció en silencio hasta el final donde solo pudo acotarle a Fedora A que sus disculpas llegaban muy tarde, pero que igual las aceptaba.

Sintiendo que había sido muy dura con Fedora A, Fedora B quiso tener un gesto de paz.

Tres días después de la llamada, se celebraba el cumpleaños de Fedora A. Milo le había indicado a Fedora B el sitio donde lo celebrarían. Fedora B alcanzó a llegar a la puerta del restaurante y divisó desde las ventanas la mesa de la agasajada. Le pidió al mesonero que le entregara, a Fedora A, un sobre blanco sellado. Fedora A extrañada de la encomienda, decidió abrir el sobre revelando una tarjeta de cumpleaños amarilla, con un avestruz enorme en el medio rodeada de globos rojos y un gorrito de fiesta en la cabeza. En el interior de la tarjeta había dos mensajes, uno impreso y uno escrito. El impreso decía: *"Las arenas del tiempo no son lugar para esconder tu cabeza. Es tu cumpleaños, ¡SAL A CELEBRAR!".*

El mensaje escrito, con letra molde y con bolígrafo azul, decía:

"Será en la otra vida. Que tus deseos sean cumplidos".

Fedora A supo de inmediato que se trataba de Fedora B. Abandonó el lugar para lograr alcanzarla y agradecerle en persona. La consiguió afuera, sentada en el pavimento, mirando las estrellas.

Fedora A se sentó junto a ella, silenciosa. Volvieron a mirar como en su pecho la luz naranja cobraba fuerzas. El

150

sentirse conectadas de por vida, a pesar de los obstáculos, las conmovió, y en un acto de tregua y amistad se tomaron las manos.

Nunca se supo si después de ese encuentro volvieron a buscarse, si volvieron a besarse los labios. Nunca supieron si con los años habían sido sorprendidas de nuevo con el halo naranja. Nunca supieron si fantaseaban con volver atrás en el tiempo para cambiar algo de lo que sucedió.

Nunca se supo nada.

PAPITO

Y VIVIERON –FELICES, APASIONADOS, MOLESTOS, TRISTES, ANSIOSOS, PREOCUPADOS, EUFÓRICOS, ENAMORADOS, ABURRIDOS, RICOS, POBRES, EN BIENESTAR, EN SALUD, EN ENFERMEDAD– PARA SIEMPRE

Oriol esperaba ansioso a Alba en el humilde altar frente al árbol de las hadas. Vestía de colores pasteles y llevaba un sombrero de paja que lo ayudaba con lo intenso del sol. Sus nervios se reflejaban en pequeñas gotas de sudor que corrían por la mitad de su espalda. Oriol tenía miedo de empaparse. El lugar estaba decorado con flores y frascos llenos de trigo. El color de la imagen completa vista desde afuera de hecho era como el dorado de los trigales. Los pocos invitados se acercaban a Oriol para cruzar algunas palabras de felicitación que él lograba contestar por inercia porque lo único que hacía era pensar en el paso tan grande que estaba por dar, y en los cocodrilos que podían aparecer en el lago de en frente. Oriol se regañó a sí mismo por la incoherencia de sus pensamientos, pero su lado cobardón no desapareció ni siquiera ese día. Oriol le temía en secreto a los animales, desde una mariquita, que tenía justo en la mesa del altar, hasta el cocodrilo que, según Oriol, se autoinvitaría a la boda haciendo una gran aparición en mitad de los votos.

Oriol miró el reloj de su teléfono que marcaba la una de la tarde. Ya había llegado el momento, pero Alba aún no desfilaba hasta su encuentro. Era en extremo puntual, pero ese día Alba quería hacerse esperar. Generar una sana ansiedad. Oriol sacó de su bolsillo un pañuelo de tela que le había prestado su madre y se secó la gota de sudor que en esta oportunidad caía de su entrecejo. Quería verse lo mejor posible para su encuentro con Alba.

A la una y un cuarto, comenzó a sonar la canción con la que caminaría Alba hasta el altar. Oriol recordó el momento justo en que decidieron qué canción sería, una madrugada de enero, vía a su casa, en su carrito plateado. Oriol no era muy preciso eligiendo canciones, palabras o imágenes, pero para su fortuna, su criterio siempre hacía match con el de Alba.

Por la grama verde y el camino de piedras circulares, Oriol vio llegar poco a poco a su cortejo de amigos, que terminaba revelando a Alba, en el vestido que Oriol no había visto porque ella se había encargado de guardarlo bien en el closet contiguo al cuarto que compartían. Cuando sus ojos se encontraron con Alba, involuntariamente, comenzó a llorar. Alba se veía hermosa, de eso estaba seguro, pero también lloraba de recuerdos y de añoranzas, y de pensar, por mínimas fracciones de segundos, el cómo, el por qué estaban ahí. La bola de sucesos que debieron darse a cabo para ese preciso instante, en el Bosque del Sol, frente al árbol de las hadas. Oriol, en parte también lloraba porque los ojos de Alba lo miraban atestados de lágrimas.

—Tienes los ojos más bellos del mundo, Oriol. —Fue lo primero que ella pudo pronunciarle apenas lo tuvo cerca.

Sus palabras hicieron que Oriol llorara con aún más fuerza porque no era amante de los elogios, y ella lo sabía, pero estaba tan hermosa, que podía perdonarle cualquier incomodidad, o cualquier comentario dulzarrón acerca de sus ojos.

Oriol, no solía llorar. De hecho, tuvo los conductos lagrimales tupidos por más de siete años, y ahora, quebrado de amor, no hacía más que atragantarse de la sal de sus lágrimas.

La ceremonia comenzó con la primera brisa del norte. Un viento que anticipaba los buenos augurios. Después de aceptarse e intercambiar sus uniones, compartieron un beso modesto pero intenso que hizo que los presentes reventaran en vítores. Había sido un ritual corto, pero suficiente. Un ritual que estuvo auspiciado por los ancestros, y que a todos, en algún punto, les hizo recordar el verdadero motivo por el cual muchos de nosotros, los soñadores, seguimos de pie.

El amor verdadero.

Justo después del sello absoluto de la unión, las hojas secas de la tierra comenzaron a convertirse en mariposas monarcas. Las mariposas simbolizaban el vínculo más profundo entre Oriol y Alba. Oriol no les temía a las mariposas, pero si las respetaba. Era incapaz de sostener una en su mano por más de cinco segundos. Prefería verlas.

Comenzó a sonar *Love Like You de Rebecca Sugar,* al tiempo en que las mariposas decoraban el lugar, incluyendo el castillo de piedras donde celebrarían posteriormente. Esa había sido la canción que acordaron para su primer baile de esposos. Alba la había propuesto porque siempre pensó que era una canción que ella le hubiese escrito a Oriol, si ella supiera escribir canciones.

Apenas se colocaron en el punto exacto para bailar y ser vistos por todos, con las mariposas revoloteando alrededor de ellos, Oriol se apoyó en el pecho descubierto de Alba, y mientras bailaban, volvió a llorar.

—Mi amor, qué bonito verte llorar —objetó Alba en el

hilo musical donde no hay letra, ya que ella le había cantado toda la primera parte a Oriol sintiendo que el gimoteaba y moqueaba en su pecho dorado y brillante.

—Estoy muy sensible. Tenía años sin llorar así. No pienses que es por tristeza, lloro así porque esto se lo pedí a Dios hace mucho. Quise casarme contigo desde el momento en el que te abrí mi corazón, lleno de dudas. Porque sí, dudé.

—Los autores de las obras de arte más maravillosas siempre han dudado en mitad de su creación —murmuró Alba.

—Qué hábil eres con las palabras.

Y en mitad de canción Oriol se detuvo.

—No quieres bailar más.

—Quiero abrazarte Alba. Quiero que este momento dure para siempre.

Y los ángeles dijeron amén.

Las mariposas se quedaron petrificadas en el aire. Los niños que picaban la mesa de dulces se congelaron con la boca llena de chocolate. Las lágrimas de la audiencia se cristalizaron y nadie pudo dar un paso. Los tuqueques se pararon frente al sol, impávidos. El cocodrilo que estaba a punto de salir del lago miró la imagen al ras de los nenúfares, quieto. El árbol de las hadas, decorado con flores y trigo pausó su movimiento. Y la música, inspiradora, dejó de sonar. Los únicos que podía presenciar el mundo detenido eran Alba y Oriol.

Alba decidió arruinar su maquillaje arrojando varias

lágrimas, perpleja. Ambos quedaron atónitos. En ese momento de privacidad e intimidad, tocaron con la palma de su mano sus corazones y comenzaron a absorber la energía del mundo para ellos solos.

—Te amo —pronunció Alba en extremo conmovida.

—¿Viste a los tuqueques cortejando al sol? —preguntó Oriol, quien con su mano apoyada en el pecho de Alba se distrajo con la posición de las pequeñas lagartijas.

—Sí —dijo Alba sin apartar su vista de Oriol, moviendo la cabeza en señal de desaprobación, pero de entendimiento. Oriol era de naturaleza despistado. Pero no dejaba pasar lo importante. Y eso a Alba le bastaba—. Vamos a ser como los tuqueques. Ellos admiran al sol, pero yo quiero admirarte a ti todos los días, de aquí a algún día. Ojalá, pudieras verte a ti mismo como yo te veo, Oriol.

—Ojalá, algún día, *pudiera amar como tú*, Alba.

Y se abrazaron aún más fuerte, haciendo que todo retomara el movimiento, que las lágrimas corriesen, que la gente aplaudiera, que los insectos siguieran adornando el lugar, y, para su fortuna, que el cocodrilo se haya devuelto a su camita de plantas, deslumbrado por el amor y llorando sus lágrimas falsas, que esta vez, eran verdaderas.

EL COLOR ÁMBAR DEL SOL

(Tres años antes de la boda)

El reloj marcaba las cinco y cuarenta. Se palpaba el silencio de una casa sin muebles. En la sala había un ventanal que ocupaba el ancho de la pared y estaba acompañado de una persiana de celdas anchas. La casa entera era color ámbar. El piso era de madera en partes y en otra era de alfombra. Una alfombra perfecta para descalzarse y repujar los dedos en cada cerda sintiendo un placentero masaje que aliviaba el cansancio de los pies. El cuarto principal estaba vacío, a excepción de dos maletas llenas de ropa y un par de cajas de artículos personales.

Alba, al percatarse de la hora, se tiró sobre el piso felpudo del cuarto y empezó a bañarse de la luz que le daba su momento favorito del día. Por las rendijas de la ventana entraban los rayos de sol que se fundían con el color de la casa haciendo que todo quedara color ámbar.

Ella amaba esa hora para besar.

Alba y Oriol llevaban apenas dos días en la nueva casa del nuevo país. Habían huido de su lugar natal porque se había convertido en un pedazo de tierra en guerra, casi inhabitable. Huyeron cargando poco, y con la incertidumbre de no saber si serían aceptados o bien recibidos. Huyeron con el miedo propio de quien se lanza al vacío con los ojos vendados.

Al menos se tenían el uno al otro. O eso creían.

La casa nueva era linda, modesta, cálida. Se instalaron con lo poco que tenían y comenzaron a jugar a los adultos con todo lo que implica. Esa segunda tarde en la casa, mientras Alba disfrutaba de la hora dorada tirada en la alfombra, Oriol le preguntó si le apetecía cenar pasta con vegetales, a lo que Alba respondió entusiasmada que sí. Comieron en platos de cartón sentados en el piso y mirando la luna que ya empezaba a asomarse por encima de los árboles.

Para ese entonces, Alba y Oriol poco se conocían. Salieron de su país juntos, eso era cierto, confiando en la fuerza del amorío que sostenían, pero era un amorío corto, reciente. No acumulaban mayores recuerdos juntos, y el poco tiempo que habían compartido lo habían dedicado a amarse como adolescentes. De eso estaban convencidos: se amaban. Era una certeza tan absoluta como la muerte. Se amaban desde lugares que ellos mismos desconocían. Se amaban con convicción, y eso los hacía sentir que todo lo podían.

Había pasado una semana en la casa nueva. En esa semana distribuyeron su tiempo para buscar empleo, desempacar, aceptar electrodomésticos regalados, aspirar la alfombra y estirar su dinero para comprar comida. Pasta, atún, pan, vegetales y harina. Arroz, pasta, atún. Pan, queso, pasta, atún. Pasta y atún. Alba estaba harta de la pasta y el atún en todas sus posibles combinaciones, pero trataba de no quejarse.

Avanzando los días, la búsqueda de empleo se convirtió en un suplicio para Oriol. Alba, logró conseguir un trabajo en un restaurante reconocido, pero su experiencia fue infernal. Recibió humillaciones, gritos, un pago mísero, y la exigencia de atender mesas por más de ocho horas en tacones de cinco centímetros, ya que el dueño del local tenía fetiches con las meseras entaconadas. Alba siempre pensó que era un viejo asqueroso y explotador, pero en el fondo, y como ejercicio espiritual, le agradeció la desagradable vivencia. Duró un mes exacto. Un mes que le dio el dinero justo para sobrevivir al próximo mes. Alba no continuó en el trabajo, a pesar del dinero, porque salía llorando cada noche, buscando consuelo en los brazos de Oriol, con la ropa y el pelo apestándole a comida.

—Déjalo ya, Alba, conseguiremos algo mejor —le dijo Oriol de forma tajante al ver que el llanto se aproximaba después de terminar su turno.

—No darán las cuentas, Oriol.

—Algo saldrá. Solo confía —sentenció un poco exasperado.

Alba lo miró dubitativa por varios segundos, pero en menos de dos minutos dentro del carro, se devolvió decidida al escritorio del dueño. Ingresó por la parte trasera del restaurante —donde entran y salen los empleados—, y poniéndole los tacones negros encima de la mesa, le agradeció la oportunidad y se marchó descalza, sin siquiera permitir que el viejo pronunciara una palabra.

Los días pasaban y el encierro del desempleo aplastaba a Alba y Oriol. Se estaban conociendo las mañas en un lugar lejos de casa, sin trabajo, sin dinero y sin mucha paciencia. Todos los días temprano salían en la búsqueda, y las tardes las usaban para atestar de emails las aplicaciones online. Su situación era tan precaria, que no habían resuelto comprar un colchón, por lo que debían dormir en la alfombra —rogando que estuviera lo suficientemente aspirada para no respirar ácaros—, cubriéndose con una manta fina que los protegía de la ventilación. La alfombra amortiguaba los huesos y la cercanía la nostalgia. Era una nostalgia de estar lejos y desprotegidos. De extrañar. En momentos hasta de no aguantarse. Se mezclaba con hastío. Era una nostalgia de querer decir: no quiero seguir más. No aguanto, ni a mí en esta situación, ni a ti, ni a nada de lo que nos está pasando.

Era la propia nostalgia del exiliado.

Con el tiempo, el asunto del empleo fluctuaba. Alba y Oriol pasaron por varias facetas. Fueron vendedores, secretaria, conductor, administradora, promotores, productores y artistas. Habían semanas de $5 en la cartera y otras de $200. Las de cinco eran de pasta con atún, y las de doscientos, de lasaña y vino. Como era de esperarse, empezaron a aparecer los muebles. Escasos y regados. Algunos regalados y otros comprados con las ´semanas de 200´. Hasta el presente, esos muebles comprados tienen un alto valor sentimental para Alba y Oriol.

El primer colchón fue la oferta de la tienda y a ellos les iba perfecto con su presupuesto. No tenían la base de la cama, *pero sí las bases del amor incondicional.*

6:15pm, la hora ámbar. Sonaba desde el celular de Oriol *City Of Stars* de la película *La La Land*. Ambos estaban tumbados en el colchón nuevo que se sentía confortable en sus espaldas mientras bebían vino en unas copitas que también aprovecharon de comprar.

—No puedo creer que tengamos una cama. Ya la alfombra me estaba explotando las alergias —comentó Oriol al tiempo en que se rascaba la nariz. Cada vez que hablaba de sus alergias, así no le picara, él se rascaba la nariz. O tosía. Alba siempre pensó que todo era mental.

—No puedo creer que sigamos juntos —dijo Alba.

161

—Yo tampoco —afirmó Oriol.

Después del poco dinero, de las peleas, de los estómagos vacíos, de las frustraciones, de los anhelos, de dormir en la alfombra, de no entender, de no saberse comunicar, después de llorar hasta quedarse dormida, después de perder la fe en su Dios, después de retomarla, después de ver más de cien atardeceres a la misma hora en la casa ámbar, después de replantear sueños para soñar en conjunto, después de las dudas.

Después de las confirmaciones.

—Párate, vamos a bailar —propuso Oriol.

—Qué oportuno —dijo Alba.

Se pusieron de pie junto al colchón, bañados del color ámbar del sol, bailando esa canción que a Alba la ponía tristísima, pero a la vez le daba ataques de risa. Oriol la miraba confundido entre risa y lágrimas, lo que hizo que también riera, y quisiera llorar. Pero Oriol estaba imposibilitado del llanto para ese entonces.

—Te amo —murmuró Oriol, al tiempo que Alba tropezaba con su copa, manchando de vino tinto el colchón nuevo. Blanco. De paquete.

—Fuck —dijo Oriol.

—¡FUUUUUUCK! —dijo Alba.

Y rezongando limpiaron la mancha, que no se iría ni siquiera con los años y que les recordaría siempre ese momento, en aquella casa, con aquella canción, y con el colchón nuevo manchado aún pegado a la alfombra, sin cubrecamas ni cobertores.

NEW YORK STEAK

(Un año antes de la boda)

La tarde se posaba sobre la fría casa. La energía enlodada y el clima húmedo se hicieron presentes como de costumbre. Todo se encontraba paralizado: las calles, los árboles y la gente. Quizá paralizado no era el mejor adjetivo, pero así era como se sentía. Era un ambiente estancado, como los múltiples lagos que lo cercaban. Cada día pasaba de igual forma y bajo los mismos colores, como en una secuencia repetitiva. Alba era víctima de ese soslayo, lo sabía, pero estaba negada a hacerse parte de él. Alba y Oriol se habían mudado de la casa color ámbar hace un año y medio y ahora vivían en este nuevo espacio, que, a pesar de no ser feo, no era tan cálido como su aposento anterior.

Ese día, Alba bajó las escaleras de su cuarto rumbo a la cocina buscando algo que comer. Sacó de la nevera un New York Steak previamente cocido que pondría a calentar con un poco de arroz del día anterior. Se lo serviría con un vaso de agua. Mientras ella preparaba todo para almorzar, Oriol trataba de hacerle entender que el corazón no podía sobrepasarle los 70 latidos por minuto, cuando de emociones se trata, porque si no, implosiona.

—Tienes que controlar la forma en la que sientes las cosas, porque te vas a seguir rompiendo —afirmó Oriol perdiendo un poco la paciencia ante Alba.

Alba tenía un carácter intenso y complejo, lo que hacía que sus emociones retumbaran en su psiquis con una importancia desorbitada. Oriol en cambio era práctico y tajante, y su corazón estaba revestido de una capa extra de musculatura callosa que impedía que las emociones fuertes llegaran a su núcleo.

—Pues se me hace imposible. Ya me he roto varias veces y lo único que consigo es volverme más sensible. Las zanjas me han acelerado las pulsaciones, son 100 latidos Oriol, y aquí sigo, viva —gritó Alba, quien no toleraba escuchar a Oriol desde su tempano.

La discusión seguía y cada minuto se hacía más acalorada. La sala comenzó a llenarse de un humo gris que ambos comenzaron a despedir de sus cabezas y sus bocas. Ardían en el orgullo de no dar su brazo a torcer.

Alba seguía empecinada en su idea de almorzar aun sabiendo que su New York Steak le caería como un plomo masticándolo entre argumentos acalorados. Se sirvió la mesa con perfecta pulcritud: servilleta, vaso, cubiertos, NY Steak y arroz. Estaba harta del arroz de la olla eléctrica.

Los gritos y las palabras se hacían cada vez más inentendibles y el humo que ya cubría la casa entera había secado el jugo de la carne al punto de deshidratarla.

—Eres imposible Alba, y ya yo no sé lidiar con eso.

—Pues JÓDETE ORIOL. Déjame ahogarme sola en mis pulsaciones aceleradas. Si es mucho para ti, pues vete. Búscate a alguien que no te crispe ni un pelo.

El humo gris seguía tomando espacios lo que hacía que para ellos fuera difícil mirarse.

—Vale, lo haré, es probable que así esté más tranquilo.

Y lleno de cólera, abandonó el comedor subiendo al cuarto que ahora tenían en el segundo piso.

La humareda comenzó su proceso natural evaporándose y convirtiéndose en lluvia. Una lluvia dispersa por toda la casa. Todo empezó a mojarse. Alba permanecía sentada en la mesa sosteniendo los dos cubiertos, el tenedor en la izquierda y el cuchillo en la derecha, empapada de sudor y lluvia. Su corazón latía 101 veces por minuto. Estaba sobrepasando el límite de lo que era humanamente permitido. Su respiración se entrecortaba y el agujero negro en el pecho hacía que sus ojos y su nariz volvieran a empañarse. La invadió un vértigo escalofriante que la hizo situarse al borde del colapso, y botó una lágrima íngrima escapada de un lagrimal contenido. Esa lágrima destapó el grifo. Lloró con fuerza despiadada, con rabia, con presión, con frustración. Alba ya había llorado con esa fuerza antes, pero en un contexto diferente. Lloraba sobre el steak frío sin soltar los cubiertos, con lágrimas tan amargas que le impedían al trozo de carne recobrar su jugosidad. Le reprochó a Dios. A su Dios azul neón en forma de mariposa al que ella tanto le hablaba. Le reprochaba sus decisiones y le recordaba la última implosión de su corazón que le causó una cicatriz enorme de la cual aún se seguía recuperando.

Se sintió muy sola.

Pero respiró hondo.

Soltó los cubiertos dejándolos en perfecta posición y

respiró. Una respiración larga y controlada. Dentro de la casa la tormenta cesaba y la nube de humo que los rodeaba, se fundió con el vapor de la ducha caliente proveniente del piso de arriba.

Alba subió las escaleras arrastrando los pies, taciturna, con la visión nublada por el vapor que cubría la casa. Oriol estaba ahí, dentro de la ducha con la luz a medias y con una música extrañísima que le impedía escuchar con claridad. Eran sonidos imposibles de identificar. Como cánticos. Como los cánticos de las sirenas y las ninfas, en otro idioma, con notas muy altas y otras muy graves que se fundían en un sonido extraño, pero a la vez aterciopelado.

Alba se detuvo frente a la cortina y empezó a desvestirse con parsimonia. Su cuerpo era tan raro como la música que sonaba. Tenía la piel suavecita y llena de lunares marrones dispersos por todo el cuerpo. Era de caderas muy anchas, pero de piernas muy delgadas. Tenía los pies grandes y largos y los senos tan grandes y largos como los pies. Su boca era de un color rojo intenso natural y sus ojos enormes, del color más negro que existía en el mundo. Su cabello, de hebras rojizas, rubias y marrones, siempre le hizo dudar de su naturaleza. Nunca sabía si era castaña, rubia o pelirroja. Pero se las arreglaba para responder dependiendo de su mood.

Entró a la ducha y ahí estaba él. Se miraron. Y en la fuerza natural de atracción, se abrazaron despacio, mientras ella rompía a llorar, otra vez. Esta vez, ella dedujo que era de alivio.

Comprendió que en el mismo lugar donde estaba confrontada, encontraba refugio. Le pareció irónico, pero no se detuvo.

Alba sabía que pertenecía ahí.

Pasaron alrededor de cinco minutos en lo que lo único que ella hizo, fue llorar presionada en su pecho. Es un sufrimiento aunado que padecen los artistas y los poetas, el que los mata por momentos y el que los hace seguir viviendo después de todo. Son los 100 latidos por minuto a los que el mundo le tiene miedo, porque muchos no se hallan a sí mismos después de estallar en llamas, en llanto, en alegría, en creación. Son 100 latidos de dolor que acompañan a los valientes, a todos aquellos que mueren despedazados por dentro, pero por fuera brillan con la sonrisa que les otorga la fe. Una fe que nace de lugares inesperados y poco conquistados. Una fe que se transforma en amor y en las formas de arte más intrínsecas que jamás nadie haya visto. Es como una llama violeta, pero un violeta que pocos ojos reconocen. Es como la música de las sirenas y las ninfas, algo inexplicable.

El lavó su cuerpo y su cabello y besó sus lágrimas procurando conseguir su calma. La abrazó como queriendo juntar sus pedazos.

—Prometo aprenderte a amar a 100 latidos —dijo Oriol.

Para Alba sus brazos fueron una crisálida —*hay brazos que son templos*—. Ella poco a poco renacía.

Al salir de la ducha, Alba bajó al comedor donde el NY Steak y el arroz de olla eléctrica seguían en la misma posición. Fríos y resecos. Ella tomó un sorbo largo de agua y botó el pedazo de carne.

Después de ese día, Alba se volvería vegetariana.

LA FUSIÓN DE GEMA MÁS PODEROSA

En Steven Universe, la fusión de gema más poderosa está hecha de amor.

(Un año después de la boda)

—Ya casi lista, Oriol.

—Ok, apúrate porque no quiero salir tan tarde —gritó Oriol desde el piso de abajo.

Alba saliendo de ducharse, se disponía a colocarse uno de sus tantos vestiditos de verano. Corto, de tela ligera y color pálido. Cogió sus medias blancas que combinó con sus zapatos ochenteros, se dejó el cabello multicolor suelto, y cubrió sus labios con una gruesa capa de bálsamo protector. Empacó en una lonchera de muñequitos dos pedazos de torta y dos viandas de ceviche vegano. En termos de agua, colocó champaña con hielo. Cogió unos lentes antiquísimos que siempre se combinaba con cualquier outfit, y se encontró con Oriol en su carro plateado.

—¿Agarraste todo? —le preguntó Alba a Oriol, quien, a diferencia de ella, siempre olvidaba algo en casa antes de salir.

—La cartera. —Acusó Oriol al no encontrarla en el carro ni en sus jeans.

—Déjala, yo manejo. Ya tenemos que salir —espetó Alba, un tanto exasperada.

Estuvieron en la vía por casi una hora. Sabían que el viaje sería largo por eso la insistencia de salir a tiempo. Alba y

Oriol se dirigían al Bosque del Sol, un año después de su casamiento. En la vía, iban compartiendo canciones desde el celular de Alba, y justo cuando terminaba *Here Comes The Night de DJ Snake*, hicieron entrada al lugar.

La entrada del bosque era desconocida para muchos, y por fuera podía resultar un poco inhóspita. Algunos pocos turistas sabían de su paradero, porque el Bosque del Sol, conectaba con una playa pequeña llena de animales exóticos. La primera parada de ambos fue de hecho en la playa a pesar de que Oriol no estaba muy a gusto por el asunto de los animales exóticos. Alba lo convenció de que ninguno de esos animales le haría nada si él no demostraba su miedo.

Aparcaron y llegaron a la playa siendo recibidos por un colectivo de flamencos rosados e hiper elegantes. Alba tomó de la mano a Oriol y caminó con él hasta el spot más aislado y protegido del sol: un banquito de madera con un techo de árbol, habitado por tres pajaritos negros de esos que parecen cuervos, pero no son, porque a estos se les tornasola el plumaje con la luz natural.

—Alba, los pajarracos se van a llevar nuestra comida.

—Cálmate. Ellos son respetuosos. Además, desde ese punto, podremos ver la danza de los delfines en media hora. No seas cobarde, Oriol.

Se sentaron en el banco y sacaron los termos y las viandas de ceviche de la lonchera. El punto de limón del ceviche era perfecto, y eso, más el licor y la vista, resultaba inspirador.

—¿No te parece raro que seamos los únicos en la playa? —preguntó Oriol.

169

—A lo mejor la playa sabía que veníamos y se guardó sólo para nosotros.

—Qué poetiza Alba.

—Cállate.

Silencio.

—Oriol, ¿puedes pensar en todo este año que ha pasado desde aquel día?

—Sí. Ha pasado rápido.

Silencio.

—Quisiera que siempre me acompañaras Alba. Tu libertad me enamora y a la vez me asusta. No quiero perderte.

Alba reflexionó un segundo sobre su poder más grande. El poder de amar y creer sin ataduras. En el poder de sentir, en la fuerza de los 100 latidos por minuto. Alba era como una montaña rusa, y sabía que Oriol eso lo amaba y lo angustiaba. Tal vez la palabra no era angustia. Tal vez era una forma deliciosa y vertiginosa de mantenerse vivo.

—No me perderás a menos que hagas algo para perderme, poeta —afirmó Alba.

—¡MIRA, LOS DELFINES! —comentó Oriol distraído de repente por la hermosa escena.

Los delfines comenzaban a danzar en parejas, brincando fuera del agua y haciendo piruetas que parecían imposibles. Alba se detuvo a mirarlos, pensativa.

Al finalizar el performance de los delfines, Oriol le insistió a Alba ir al árbol de las hadas porque en la playa de los animales exóticos ya estaban haciendo entrada unas iguanas grandísimas que parecían dragones de costa. Alba recordó la fobia de su madre por las iguanas. Incluso recordó que una vez, su mamá aplastó a una con una piedra gigante porque no quería tenerla cerca —hoy en día su mamá aún se arrepiente de eso y se siente como una criminal—. Si bien es cierto que Oriol no sería capaz de lanzarles ni una piedra, no es menos cierto que Alba prefirió evitar y se dispuso a caminar al árbol de las hadas.

Cuando llegaron al lugar, un aura mística se hizo presente de inmediato. Todo era del color de los dorados trigales, y el árbol de las hadas estaba más imponente que nunca. Alba y Oriol se acercaron a abrazar al árbol. El abrazo a los árboles es un acto muy hippie y naturalista, hasta cursi, si se quiere, pero te limpia los pulmones y el alma como haciéndote un reinicio naturista incapaz de igualarse con nada.

Dentro del castillo de piedras, una señora de unos sesenta años conversaba por su teléfono sentada en uno de los bancos de cemento que estaban a mitad del recinto. La señora llevaba un cubre bocas y guantes de goma. Alba y Oriol se sentaron en el banco de madera donde contrajeron nupcias. Alba sacó los pedazos de pastel y su cámara Polaroid con la que hizo dos instantáneas.

—Tengo una dinámica para nosotros —dijo Alba.

—Cuéntame —respondió Oriol.

Alba sacó de su bolso un libro grande y marrón que

decía en la portada "OUR ADVENTURE BOOK", una copia del libro que usan Carl y Ellie en la película *Up*. Había sido un regalo de bodas para Alba y Oriol. Alba pegó con stickers la foto que le había sacado a Oriol con la Polaroid en una de las páginas, y en otra, pegó la que Oriol le había sacado a ella.

—Quiero que nos escribamos una carta de amor. Un año después, en este lugar —propuso Alba.

—Qué nervios. Sabes que escribo fatal, Alba. Pero haré mi mejor intento.

—Escribe lo que sientas. Lo que quieras. No seas tan crítico. Es más, comenzaré yo —dijo Alba sacando su pluma tinta negra.

Habiendo escrito Alba tres líneas, escuchó una voz detrás que no pertenecía a Oriol.

—¿Qué hacen por aquí? ¿Son turistas?

Fuck. La señora había interrumpido. Alba odiaba entablar contacto con extraños, debido a su naturaleza introvertida, y además de eso, este era el peor momento para socializar. Estaban en mitad de un ritual de aniversario, no en un meet and greet.

—No, no somos turistas. Vinimos porque aquí nos casamos y estamos de aniversario y queríamos revivir ese día juntos —respondió Oriol quien siempre fue mucho más diplomático y amable que Alba.

Alba se limitó a esbozar una media sonrisa. Escuchó como la señora, seguía entablando conversación con Oriol sin ella apartarse ni un segundo de su escritura de la carta de amor. En un descuido pescó que el nombre de la mujer era Matilde. Matilde estaba sentada a un metro de distancia de ellos y no tenía ninguna intención de marcharse pronto.

"Matilde vete ya, quiero seguir en el momento íntimo con mi esposo", pensó Alba sin desconcentrarse ni perder la idea de lo que estaba escribiendo.

Matilde los acompañó por unos quince minutos ininterrumpidos. El tiempo exacto en el que Alba escribió la carta. Cuando estuvo a punto de pasarle el cuaderno a Oriol, la inoportuna acompañante ya se estaba despidiendo. Alba pudo notar que el rostro de Oriol tenía una clara expresión de preocupación.

—Ha sido un placer. Cuídense mucho y que tengan bonita tarde —dijo Matilde yéndose.

—No sé cómo hiciste para concentrarte con ella al lado hablándonos. Yo no hubiese podido escribirte la carta bajo esas condiciones —dijo Oriol.

—¿Te encuentras bien, Oriol?

—Ehmmm, sí. Déjame escribir la carta antes de que pierda la idea.

Oriol pasó cuarenta minutos escribiendo la carta, que comenzó en su celular y después plasmó en papel puesto que no quería equivocarse escribiendo, ya que las equivocaciones le hacían ruido visual y no querían arrancar la página, como siempre solía hacer cuando algo no le gustaba. En esos cuarenta minutos Alba se comió los dos pedazos de torta y se tomó los dos termos de champaña. Se acostó, miró al cielo, a los tuqueques, le sacó fotos al árbol y se hizo un brazalete con ramas secas.

Al terminar la carta, Oriol seguía luciendo desconcertado. Con miedo, intuyó Alba.

—¿Qué te ha dicho Matilde que te ha dejado así? —preguntó Alba.

—La playa no estaba desierta porque veníamos nosotros Alba —Oriol respiró con fuerza—. El virus mortal del que todos hablan ha llegado aquí. La gente no está saliendo por pánico. Según Matilde es en extremo contagioso.

—¿Y qué hacía ella afuera entonces? —observó Alba.

—Estaba orando. Dice que en este lugar se puede sentir más fuerte la presencia de Dios.

Alba y Oriol nunca miraban los noticieros, por eso no estaban al tanto de la pandemia que los acechaba. Alba comenzó a experimentar un ataque de pánico que la sacudió y le quitó la respiración por varios segundos. Sabía que el virus no era cosa de juego, y si estaba en sus planes, podía acabar con su vida sin importar su edad y su estado de salud.

—Calma Alba. Controla las pulsaciones. Vamos a estar bien. Es más, para no pensar en eso, al menos por hoy, leamos las cartas en voz alta y así distraemos la mente y nos concentramos en lo que vinimos a hacer: celebrar que estamos juntos.

Haciendo un trabajo enorme de disociación, Alba leyó

su carta. Al terminar Oriol le plantó un beso en la frente y se incorporó para él leer la suya.

Inhaló hondo y comenzó:

"Desde pequeño, siempre soñaba con un amor puro y único. Pensaba en que el día que me casara, debía ser mágico e inolvidable. Con el tiempo, me he dado cuenta de que Dios me debe amar mucho, y no quiero ser presumido, pero es que Dios no solo me premió con la mejor boda que jamás haya podido soñar, sino que también me regaló al amor de mi vida.

Me siento muy nostálgico al escribir en este "cuaderno de aventuras", porque tal vez, podrán leerlo los hijos de nuestros hijos, y tal vez puedan reír, llorar o inspirarse de la misma manera en que tu amor me inspira (…)

Así que esto no solo va para ti, Alba, sino para todo aquel que pueda leerme: encuentra a alguien que ame lo imperfecto que eres, con el que puedas tener un momento favorito del día, sentirte refugiado, que pueda ver que a veces no estarás del mejor humor, y aun así te entienda, alguien que pueda levantarte en los momentos que sientas que todo se derrumba, alguien que sea tu mejor equipo.

Estoy agradecido porque sin duda alguna Dios me bendijo con tu amor. Que me hayas visto con mi torpeza, mi terquedad, mis sueños, mis virtudes, mis circunstancias de vida, y que aun así me hayas elegido, para mí es una bendición.

Te amo hoy y siempre.

*Tu eterno amor, Villo" ***

*Extracto exacto del cuaderno.

Así solía llamar Alba a Oriol. Villo.

Al terminar Oriol de leer, alzó su mirada descubriendo que ambos estaban llorando y gimoteando. Volvió a suceder el fenómeno que experimentaron el día de su boda: Oriol envuelto en lágrimas y el mundo paralizado. Alba sintió como todas sus partes rotas se acomodaron en su cuerpo. Vio como su pasado retumbaba a su mente recordándole todo lo que tuvo que hacer para llegar a ese lugar del amor en compañía. Recorrió su presente, los últimos meses, en los que la vida, de una forma muy particular, le había enseñado una importante lección acerca de vivir el aquí y el ahora y de retomar el hábito de amar los detalles del universo, como las flores, el sol y la luna, las estrellas, y los momentos de gozo. Pensó en el futuro. Pensó en la muerte. Pensó en el virus asesino. Pensó "¿cuánto tiempo me queda al lado de Oriol? ¿cuánto tiempo me queda al lado de los seres que amo?", pensó en todos sus aciertos y desaciertos, pero en especial, pensó en ese momento. En ese justo momento.

Pensó que era un tesoro.

Levantó sus ojos y vio una mariposa azul volar detrás de Oriol. Pensó en la palabra libertad. Rompió a llorar con más fuerza, pero esta vez de agradecimiento.

—Si me muero pronto, quiero darte las gracias por tanto, y quiero que sepas que siempre estaré cerca de ti, en tu lado izquierdo, junto a tu corazón —balbuceó Alba entre lloriqueos.

—Nadie se va a morir. No exageres.

Y se besaron, con besos salados de llanto.

—No me beses con los ojos abiertos, Oriol, sabes que lo odio —dijo Alba con un ojo cerrado y el otro abierto.

—Es que Alba, ¡TENGO UN TUQUEQUE EN EL BRAZO!

—No hiperventiles, NO TE VA A MATAR, ORIOL.

Y agarrándolo con cuidado, Alba puso al tuqueque en la grama, esperando que se fuera. Pero el simpático tuqueque, un visitante indeseado como Matilde, se quedó a mirarlos incómodamente mientras retomaban el beso, como cuando hacen su ceremonia solemne, cortejando al sol.

Para ti, Yavillo.

Te amo.

EPÍLOGO
LA MARIPOSA

ODA AL AMOR PROPIO

En su fuero interno

buscando ser amada,

descubrió que no había lugar más propicio para sentir amor

que dentro de sí misma.

Pasaron muchos años para que La Mariposa pudiera comprender la fuerza del amor y todo lo que implica. Se cuestionó, se impuso límites, se deshizo esos límites, y se reinventó. Ansiaba descifrar la ecuación perfecta del amor mientras revoloteaba y revoloteaba. En momentos, creyó encontrar una compañía que se adaptara a sus necesidades, pero aun así, seguía cuestionándose, *"¿por qué sigue faltando algo?"*. Esa pregunta la atormentaba mientras se disponía a dar tumbos de nuevo buscando de dónde provenía la carencia.

A La Mariposa no se le hizo tarea fácil entender que su compañía idónea era ella misma. Es ley divina el hecho de que mientras más en comunión estás contigo, más se expande tu capacidad de amar. Y estar en comunión no es solo repetirse "sí, yo me quiero", "sí, qué bonito soy". No. Es tener la seguridad de sentirse a gusto y en calma, en soledad. Es amar las virtudes y defectos de tu inner self. Es apoyar la cabeza en la almohada todas las noches y sentir protección sin necesidad de tener el otro lado de la cama ocupado.

Una vez que comprendemos que somos los únicos

responsables de poder dar y recibir amor sano, nos enfocamos en un panorama diferente.

Más introspectivo.

Día a día La Mariposa luchaba con inseguridades que en momentos llegaban a sobrecogerla.

Ahí fue donde se enfrentó al verdadero reto. Para llegar a un punto equilibrado de amor y compañía, hay que mirar hacia adentro. Hay que hurgar. Hay que confrontarnos. Es la única forma de alcanzar la libertad del alma, esa libertad que te permite compartir tu tiempo sin sentirte esclavo y compartir tus sueños y pensamientos sin sentirte castrado.

Mirar dentro de sí supuso un panorama agridulce para La Mariposa que creía que estaba hecha solamente de luz. De buenas acciones y de buenos pensamientos. Que era perfecta. Encontrarse con la tinta negra y espesa de la oscuridad, la quebrantó. Miró que tenía cicatrices, que había en su cabeza un archivo de malas palabras, que su corazón en oportunidades destilaba sentimientos venenosos, y que sus acciones, muchas veces, iban en contra de lo que ella tanto profesaba.

La Mariposa descubrió su esencia y en vez de rechazarse y destruirse, abrazó la masa oscura y con amor, paciencia y fe, la fue llenando de luz. Fue entendiendo cómo apaciguar sus impulsos, y fue erradicando de su vocabulario y de su sentir todo aquello que no le era agradable.

La Mariposa se dedicó a admirarse y corregirse desde su soledad, y se forjó a sí misma como un diamante.

Un diamante que brillaba sin acompañamientos.

La vida consigo misma le resultaba a La Mariposa fascinante, pero en el fondo, deseaba compartir esa magia con alguien más. Y sucedió en el estado del alma preciso. En el momento indicado para congeniar con un acompañante que vaya de tu lado admirando tus logros y esfuerzos y que empatice con todo lo que eres. Desde la luz que ciega, hasta la oscuridad que nubla.

La Mariposa aprendió a volar sola, para después volar en pareja, sin carencias ni limitaciones.

Esa libertad es la única que todo lo puede.

LA VEZ QUE LA MARIPOSA PERDIÓ EL AZUL

Tras muchos silencios

y hondas lágrimas,

La Mariposa abandonó a La Mantis

para recuperar su color.

La Mariposa no nació sabiendo cómo amarse a sí misma. De hecho, en algún momento perdió el color de sus alas gracias a una Mantis Religiosa. La Mantis la asfixiaba en sus rituales amorosos haciéndole creer que el perder aire y color la haría una mejor amante. Una mejor compañía.

La Mariposa guardó silencio mucho tiempo, a pesar de

que la colonia entera de insectos la invitaba a hablar. Muchos se preocupaban, ya que el azul de sus alas era el azul más hermoso nunca visto, y el que perdiera su originalidad acabaría por matar a La Mariposa de tristeza y desesperanza.

A diario en el mundo, a cada minuto, a cada segundo, una Mantis le arrebata el color o la vida a una Mariposa. Incluso en este momento, mientras tú, lector, acusas estas líneas, algún ser indefenso y anulado puede estar perdiendo el sentido de la vida a manos de una Mantis caprichosa y agresiva.

Somos los principales responsables de hacer eco de un enemigo que día a día está asumiendo más visibilidad. Nadie tiene el derecho de arrancar la vida de otro o apagar su esencia por cobardía, ignorancia o irracionalidad.

Nadie tiene el poder de anularte.

La Mariposa sufrió múltiples destrozos espirituales, antes de darse cuenta de que debía abrir sus alas —que ahora se sentían pesadas y polvorientas—, para coger vuelo. Con valentía abrió su boca y enfrentó a La Mantis haciéndola caer en una trampa. La Mariposa por suerte no estuvo sola. La acompañó un saltamontes, tres zancudos, una mariquita y una cucaracha.

Despegó de nuevo para volar lejos de La Mantis, y en el camino, sus alas se limpiaron, se regeneraron y se volvieron a pintar de azul. Un azul aún más hermoso y extraño que el que tenía antes de conocer a su perpetrador.

Este ´volver a despegar´ no es sencillo. Toma tiempo de sanación. De atención y de mimos. Sí, de mimos. La Mariposa lo hubiese podido hacer sola, pero el estar acompañada de su familia de insectos la hizo entender que por más vejada que estuviese, su valor no se habría perdido, ni se perdería nunca, y que todos aquellos que la amaban con honestidad velarían por ella hasta el último minuto, esperando verla resurgir aun más fuerte.

Aun más libre.

LA LIBERTAD SEXUAL

Qué fuego salvaje se encendía

cada vez que ella besaba.

Era tan fuego y era tan salvaje,

que quemó todo a su alrededor,

con una llama violeta que no dañaba,

sino más bien que daba vida.

A diario, muchos juzgaban la naturaleza libre de La Mariposa. Ella deslumbrante se paseaba de campo en campo coqueteando con las flores y con las abejas. Sus favoritas eran los girasoles. Los cortejaba en una danza propiciada por el viento, y después de mezclar su azul con su amarillo, se fundían en el centro de la flor.

Las hormigas, monótonas e inseguras, repudiaban esta actitud de La Mariposa, denigrándola.

Todos, en algún punto de nuestras vidas, hemos sentido esa necesidad de saciar nuestros deseos sexuales de miles de sanas maneras. El sexo y lo que implica ha sido condenado por años reduciéndose a ser un acto prohibido, pecaminoso y destructor, y la verdad, es que el sexo es la trasmisión de energía y conocimiento más profunda que podemos experimentar. Es un flujo de información que nos modifica y que nos permite conectarnos a niveles muy altos, haciendo que podamos comprender por momentos la mentalidad del otro, explorando los placeres escondidos de la piel. Porque sí, nuestra piel está codificada. Una codificación con miles de claves y miles de archivos.

Una biblioteca de sensaciones.

La Mariposa amaba decodificarse. Y para decodificarse, se posó sobre varios girasoles. En cada uno descubrió un aroma, una sensación, un objeto, un pensamiento, un ritual, una obra de arte, un elemento y una palabra. Las hormigas eran incapaces de reconocer esa búsqueda ya que ellas solo se dedicaban a juzgar para después, en silencio, envidiar el placer de La Mariposa.

Era lógico.

La Mariposa hizo caso omiso a lo que de ella se decía. En vez de amilanarse se crecía alcanzando la soberanía de una reina. Una reina que le devolvió a los campos de girasoles el esplendor que por mucho tiempo habían perdido.

El uso del cuerpo como conductor de energía o como receptor de disfrute no debe ser condenado. Esto sin duda depende de los criterios y preferencias de cada ser, pero siendo objetivos, ¿qué puede haber de malo en este traspaso de energía?

Siempre y cuando sea consensuada por las partes implicadas, y no represente un acto de sacrificio o maltrato, ¿qué puede haber de malo en que La Mariposa se pose en uno o varios girasoles?

Algunas hormigas con el tiempo decidieron aprender de La Mariposa. Admiraron sus cuerpos rojos y curvilíneos y salieron a buscar complacer sus fantasías y fetiches, reconociendo que la práctica solo las hacía más felices y vigorosas.

Otro grupo de hormigas, más conservador, decidieron hacer uso discreto y moderado de sus cuerpos, y bajo ese estado, se sentían plenas. No abrían la boca para criticar a La Mariposa y a las demás hormigas, así no compartieran su proceder.

Por último, un grupo más reducido, evitaron en lo absoluto hacer uso de su cuerpo porque no les generaba ningún interés. Fue también un grupo muy criticado, pero se mantuvieron abnegadas a su asexualidad y decidieron generar nuevas formas de conexión y traspaso de energía, enfocándose en el placer del cerebro y la mente.

La Mariposa se mantuvo plena, incluso más adelante estando acompañada.

Esta vez intercambiaba energía con un solo ser que le proporcionaba el mismo éxtasis, aunado al amor y al vínculo. Alcanzó una relación sexual casi perfecta, que le estremecía las alas y las antenas y que la hacía brillar de satisfacción.

Hay distintas posturas en cuanto a prácticas sexuales se refiere, lo importante en todo momento es no señalar, y aprender que el lenguaje físico, en diferentes escalas, es tan variado y poderoso como el lenguaje verbal.

Que cada uno conecta y se expresa de la forma que más le parezca, y que mientras no exista el sufrimiento y el maltrato, la energía del sexo siempre va a elevarnos de forma positiva, sea con una o varias personas.

LA SABIA CONSEJERA

Ella decidió por enésima vez escuchar a su intuición.

Como una voz que nunca se apaga

le habló fuerte y claro,

sin medias tintas.

Tratando de no ser porfiada, Ella la escuchó atenta,

y como era de esperarse se dio cuenta

que la vieja sabia una vez más, estaba en lo correcto.

Qué extraña sensación esa de saber con exactitud lo que debes decir y hacer, pero reprimir el impulso por miedo a escucharnos.

Durante nuestra existencia entera hemos tratado de controlar todo a nuestro alrededor usando el poder de la mente y su pragmatismo. Hemos castrado el dejarnos llevar por las emociones, tomar riesgos, decir lo que se tiene que decir y sentir lo que se tiene que sentir por ese temor infinito de querer agarrar mil cosas con la mano cerrada.

Nos ha tocado soltar en situaciones extremas. Solo accedemos al poder de la intuición cuando estamos encimados en la necesidad, pero ¿qué pasaría si ponemos frente a nosotros todo lo que nuestro corazón anhela y dejamos que la intuición nos guíe para poder alcanzarlo?

No solo eso, muchas veces nuestra intuición puede salvarnos, guiarnos, mostrarnos y hasta enseñarnos a recibir de manera abundante.

Acceder al poder de nuestra intuición requiere tiempo. El tiempo la refina, la potencia y nos asegura un porcentaje alto, siempre más alto, de precisión. No es un proceso sencillo, pero sí es accesible. Todos podemos comunicarnos con nuestra voz interior y tomar decisiones con propiedad gracias a ella. Pero para que esto suceda debemos cooperar. Debemos permitirnos escuchar hacia dentro. Hacer un alto, detener cualquier labor que estemos haciendo y escuchar. Usar la naturaleza de soporte, o la música. Escribir en un papel. Lanzar palabras al aire.

Llegará un momento en que no necesites de toda la ceremonia para escuchar la voz de la intuición, ella hablará fuerte y claro, y te darás cuenta. No habrá titubeos a la hora de accionar.

La Oruga quiso llegar al otro lado del laberinto para convertirse en Mariposa. Estaba desprovista de herramientas. Solo contaba con su intuición. Al principio se vio confundida y su confusión la llevo a arrastrase con dificultad sin tener claro su destino y su intención. Con el tiempo, a mitad del laberinto, empezó a tomar conciencia de su ubicación y comenzó a guiarse con más precisión. Su intuición la guio, motivándola con el premio al final:

Su transformación completa.

En ocasiones, la mente juzgaba la voz interna tildándola de despistada y poco terrenal, pero la intuición de La Oruga, por ser más vieja y sabia, decidió no darle fuerza a la mente y en cambio hizo latir a su pequeño corazón con una importancia desbordada y reveladora.

Cada vez que el corazón le daba un vuelco, La Oruga decidía hacer caso.

Y funcionó.

Funcionó tanto, que al final del laberinto La Oruga ya no era una Oruga. Se había convertido en una mariposa con alas y antenas.

Con alas.

Alas que más adelante, su intuición le enseñaría a utilizar para surcar los cielos con prudencia, pero al mismo tiempo, con seguridad y libertad, confiando ciegamente en lo hermoso de su destino.

La intuición es el legado espiritual de nuestros ancestros. Es como esa abuelita confiable y protectora que siempre te advierte y te aconseja, y que uno, ni tonto que fuese, trata de hacerle caso, a pesar de no estar del todo convencido.

EL MISTERIO DEL AMOR

Suena Mystery of Love de Sufjan Stevens

La Mariposa nunca llegó a explicar

lo que a su corazón le sucedía

cuando miraba a las lejanas estrellas brillar con fuerza,

sobre la tierra ingrata.

Hay situaciones que no podemos explicar. Conexiones, vínculos y hasta palabras que brotan de nuestras bocas de manera involuntaria. Son como acertijos con los que el destino se divierte. A veces nos reconocemos desconcertados con el corazón gritando y la mente paralizada. Nos movemos por pura energía de atracción, y eso nadie, ni los grandes científicos, han podido explicar con exactitud por más que digan que solo se trata de sustancias y hormonas.

Algunos le atribuyen este fenómeno a un reencuentro de almas. Otros al orden divino. Y unos, pocos, más románticos como yo, al misterio indescifrable del amor.

Escribir acerca del amor en sí me dispara una adrenalina en el corazón que en este momento no sé cómo explicarles con palabras, pero se siente más o menos como un escalofrío, o una lanza gélida en la parte izquierda del pecho. He sido víctima de ese juego del destino en varias oportunidades. Y no digo víctima en tono de lamento. Jamás me he sentido desdichada, al contrario. Me he sentido afortunada.

Afortunada de haberme estremecido…

… con la poesía, con la belleza física, con mi belleza propia, con la energía ancestral, con un par de ojos, con una palabra, con la nobleza, con alguien igual a mí, con alguien diferente a mí, con las estrellas, con la luna, con las canciones…

He sido afortunada de sentir. De haber llorado, de haber reído, de haber amado…

Nunca seremos capaces de descifrar los designios de la atracción, y creo que es mejor así. No es necesario descifrarlo todo. Mientras menos podamos explicarlo, más podremos actuar con el corazón. Y esa, creo que es la clave de muchas cosas.

Somos afortunados de haber vivido así sea una vez, alguna historia que nos haya hecho valientes.

Siempre he pensado que el amor es eso, un acto de valentía enorme.

No es para los débiles.

Esta gallardía nos hace capaces de enfrentar este mundo cruel, con algún propósito. Hay mucho en nosotros deseando sentir. No nos escondamos en las excusas, y arriesguémonos a tomar lo mejor de todo y aprender de lo malo. Tomemos el riesgo de vivir a plenitud, porque nunca sabremos cuando será el último día, para abrazar, para besar o para decir 'te amo'.

Bendito sea el misterio del amor.

AGRADECIMIENTOS

Quiero comenzar acotando que este libro me llevó gestarlo más de un año, pero la cuarentena del 2020, producto de la pandemia por el coronavirus COVID-19, me hizo terminarlo y publicarlo.

Sin duda, no lo hubiese podido hacer sola.

Empiezo agradeciendo a dos queridos amigos que me han apoyado desde el día uno en este proceso, Cristina Noya y José Luis Useche, quienes no solo estuvieron para motivarme sino que hicieron una extraordinaria labor como editores, consejeros, y potenciadores de mis relatos. Gracias por las largas sesiones por Facetime, y por el feedback tan honesto y atinado.

Gracias a Jamila Hache por compartirme sus conocimientos sobre el self publishing y su paciencia para explicarme el paso a paso, sin egoísmos y sin errores.

Gracias a mis amados y talentosos Jefferson Quintana

y Leonardo van Schermbeek por hacer de la tapa de mi libro algo único, que superó por mucho mis expectativas y capturó mi esencia de forma perfecta.

EL DÍA EN QUE EL NARCO ME BENDIJO cuenta con una colección de diez micro cortos que surgieron como una idea de promoción para captar la atención de posibles lectores a través de esta experiencia audiovisual. Tuve la dicha de contar con un grupo de artistas de primera que interpretaron a cada uno de los personajes de los relatos. Les agradezco, en el orden que lleva el libro: Shakti Maal, Eliú Ramos, Omar Wahab, Martina Lavignasse, Sebastián Olivier, Valeria Galue, Nalsen Inojosa, Andreina Parra, Alejandra Carmona, Javier Baptista, Idanis Infante, Darwin Barroeta, Diana Marcoccia, Luis Freitez, Estefany Gómez, Angela Rincón, Julieta Lafuente y Juan Bautista Espinoza. Gracias por hacer magia, atesoro su talento muy hondo en mi corazón, y espero que la vida les retribuya en bendiciones, con la misma entrega y el mismo amor que ustedes me ofrecieron para este proyecto.

Todos estos cortos puedes disfrutarlos en mi cuenta de Instagram, *@Fabiarace*.

Gracias a Alejandra Carmona por sus ideas y gracias a Jonathan Montenegro por sus opiniones, válidas, acertadas y oportunas.

Todos los que he mencionado hasta ahora son artistas con proyectos increíbles y de una calidad muy alta, cosa que me ha hecho sentir muy afortunada porque contar con sus talentos para este libro, en lo personal, ha sido un regalo del universo. Los invito a que investiguen sobre de cada uno y sigan más de cerca su trabajo. Les prometo que me lo van a agradecer.

Por último, haré los agradecimientos que me ponen más sentimental.

A mi madre y a mi padre, Mercedes Gutiérrez y Mario Arace. Gracias por ayudarme con el proceso de edición y corrección. Gracias por tomarse el tiempo. Gracias por apoyarme de forma incansable, no ahora, sino desde pequeña que venía cocinando la idea de hacer un libro. Gracias por su sabiduría, por instarme a seguir, por enseñarme, por ubicarme y hasta por llorar conmigo. Gracias por ser los mejores padres que una persona haya podido pedir. Nunca me alcanzará la vida para demostrarles todo lo que los amo y todo lo que les agradezco.

Gracias a mi esposo, Gabriel López.

Aquí me quiebro un poco más…

Debo decir que fue el responsable de convencerme de escribir este libro. Se sentó muchos días a insistirme. Me regaló una computadora para mi cumpleaños, escuchó mis relatos usando toda su atención —cosa que le cuesta porque es bastante disperso—, me buscó varias opciones para la publicación, hizo la cámara de los audiovisuales, editó los cortos, identificó mis ataques de ansiedad y me sirvió de motor los días en los que no quería hacer nada porque sentía que no funcionaría.

Me enseñó algo muy valioso: *"La forma de aprender y de darte a conocer es haciendo. No te estanques, que eres muy talentosa".*

Gracias, Yavi. Gracias por tu amor inagotable y gracias por creer tanto en mí.

Gracias a ti, lector, por acompañarme. Gracias a todos los que se entusiasmaron con este libro, a los que lo compraron, lo recomendaron y lo sintieron. Gracias por conectarse conmigo de esta forma.

Cierro agradeciendo a Dios, porque creo en Dios como la energía de luz que mueve al universo. Ese Dios que me ha sostenido, me ha revelado que estoy en el camino correcto, me ha puesto la palabra precisa, la gente indicada. Ese Dios que se me ha presentado por años en forma de mariposa azul y al cual le rendiré tributo desde cualquiera de mis expresiones artísticas, porque su participación me es vital.

Le agradezco a Dios mi vida, la vida de todos los que me rodean, y la inspiración, que me ha permitido tantas veces salir de la depresión y encontrarme con la senda correcta, llena de abundancia y triunfos, como me lo merezco.

Como lo merecemos todos.

Una vez más, GRACIAS.

Printed in Great Britain
by Amazon

27523734R00118